Contango
oder
Immer zweimal

Gewidmet Michaela, die mich und mein Schreiben
schon sehr lange begleitet
und hoffentlich sehr lange noch weiterbegleiten wird.

Gewidmet zudem meiner besonderen Freundin Barbara,
deren wohlwollende Rückmeldung zu diesem Werk
mich unbeschreiblich gefreut und gestärkt hat.

Mit herzlichem Dank an meine empathische Lektorin
Frau Dr. Renate Feikes.

MARIAN DREVIS

Contango
oder
Immer zweimal

Bibliografische Information der Deutschen Nationalbibliothek:

Die Deutsche Nationalbibliothek verzeichnet diese Publikation
in der Deutschen Nationalbibliografie; detaillierte bibliografische
Daten sind im Internet über https://portal.dnb.de/ abrufbar.

© 2023 Marian Drevis

Satz, Umschlaggestaltung, Herstellung und Verlag:
BoD – Books on Demand, Norderstedt

ISBN: 978-3-7578-6471-2

Inhalt

Kapitel 1   7
Das Stück ist aus

Kapitel 2   30
Anruf bei Anna Brehm

Kapitel 3   84
Kontaktaufnahme mit Gregor Hofmann

Kapitel 4   118
Die Verbindung

Kapitel 5   176
Bretter, die die Welt bedeuten

Kapitel 1

Das Stück ist aus

Der Vorhang fällt. Ungewöhnlich geräuscharm ist es währenddessen im Publikum. Mit Erreichen des Bühnenbodens herrscht einen Atemzug lang Stille. Noch ehe aufkommende Empfindungen sich mit dieser Stille verbinden können, brechen die Zuschauer schlagartig in tosenden Applaus und Jubelgeschrei aus. Der sich nun wieder hebende Vorhang bringt die sechs Darsteller zum Vorschein, wobei sich die Begeisterung der Theaterbesucher noch steigert. Nach ihren Verbeugungen geben die Schauspieler die Bühne frei, die kurze Zeit darauf von der Hauptdarstellerin allein betreten wird. Damit wird Begeisterung zur Hysterie, ob das Publikum sich zur Masse wandeln wird, wird sich zeigen. Der Star des heutigen Premierenabends, dieses Abends, auf den die gesamte deutschsprachige Kulturpresse, daneben mehrere internationale Medienhäuser, gewartet haben, ist zweifelsfrei *sie.* – *Sie*, die Renommierte, die ihre Vielfalt seit Jahrzehnten auf Brettern sowie Leinwänden beweist und die dabei niemals Hochniveau unterschritten hat. »Danke! Vielen, vielen Dank!«, ruft die Bejubelte ihren Anhängern zu, »und bleiben Sie mir gut! Bleiben Sie mir alle gut!« Dann geht die Aktrice von der Bühne ab. Raserei ist es, was sie bei den Applaudierenden zurücklässt. Die vereinzelt aufkommenden Rufe steigern sich rasch zu einem im Stakkato gesprochenen Mengenmotto: »Brehm soll nicht gehn! Brehm soll nicht gehn! …« Erneut kommen alle sechs Darsteller auf die Bühne, mit dabei ist diesmal auch der Theaterdirektor, der das Stück inszeniert hat. Er tritt hervor aus der Reihe seiner Künstler, lässt sich beklatschen, reiht sich wieder ein. Jetzt tritt Anna Brehm hervor, sie genießt den Triumph, bekundet ihren Dank diesmal anhand von Gesten und reiht sich wieder in die Gruppe. In dieser Weise treten nach und nach auch alle übrigen Schauspieler ins Rampenlicht, wo sie den Erfolg, der in diesem Ausmaß gewiss nicht ohne sie alle möglich gewesen wäre, auskosten, ehe sie sich wieder einreihen. – Als dieses minutenlange Procedere vorbei ist, fällt der Vorhang abermals, womit die Rufe nach Brehm erneut einsetzen. Die findet endlich von der Seite her ihren Weg vor den Vorhang, geht, den jubelnden, nun aber nicht mehr nach ihr rufenden Zuschauern Kusshände zuwerfend, auf die Mitte des sichtbaren Bühnenbereiches zu, von wo aus sie mit deutlicher Gestik ihre Bewunderer umgehend zur Ruhe bringt. In diese Ruhe hinein versichert sie dem Publikum ihren Verbleib in der Welt der darstellenden Kunst; sie verspricht einen gänzlichen Rückzug ins Privatleben nicht zu erwägen. Ihre Kundgebung schließt sie mit einem Handzeichen ab, das die Bewunderer als Aufforderung interpretieren; tosender Beifall setzt daher ein. Unter diesem verneigt sie sich ehrerbietig zweimal, dann verlässt sie winkend die Bühne und entschwindet in den Seitenbereich, aus dem sie zuvor hervorgekommen ist. – Gewiss, *sie* hat das Publikum zur Masse gewandelt.

Bedächtig setzen die Theaterbesucher nun an, Parkett, Ränge, Logen zu verlassen, gleichmäßig langsam strömen sie in die Gänge. Die meisten hin zu den Garderoben, manche an diesen vorbei gleich direkt auf einen der Ausgänge zu. Journalisten der anwesenden Fernsehsender fragen einzelne Vorbeikommende nach ihren Eindrücken vom uraufgeführten Drama, der Inszenierung und den Leistungen der Darsteller. Einhellig wird alles hochgelobt, ebenso einhellig wird die Leistung der Hauptdarstellerin glorifiziert. Die Brehm wird zur Göttin erhoben. Die anwesende Creme de la Creme der Theaterkritiker findet keinen Anlass zur Entzauberung, nicht einmal einen ansatzweisen. Vielmehr fundieren sie das neue Image der Anna Brehm. Ihre naturgemäß subjektiven Bewertungen leiten sie von laienverständlichen, allgemein anerkannten Könnenskriterien zur Schauspielkunst ab.

Das Gerücht, wonach Schauspieler mitsamt Direktor noch an diesem Abend dem nationalen Rundfunk ein großes Interview geben werden, geht um, weshalb die Fernsehleute langsam, um das Aufsehen, das allein ihre bloße Anwesenheit auf sich zieht, nicht ansteigen zu lassen, in Richtung der Künstlergarderoben aufbrechen, wo sie ein solches Stattfinden vermuten. Der privilegierte Heimatrundfunk befindet sich bereits aufnahmebereit in Brehms Garderobentüre, die allgemein beliebte, weil fachkompetente Kulturreporterin steht vor ihren Gesprächspartnern, die sich allesamt in dieser Garderobe eingefunden haben, wo sie sich um die auf ihrem Stuhl sitzen gebliebene Hauptdarstellerin aufstellen. »So, wir fangen an,« lässt die Moderatorin wissen, dann gratuliert sie den Versammelten allgemein zum heutigen großen Erfolg. Sie wendet sich nun direkt an Robert Jamnik: »Herr Direktor, viele internationale Kulturmedien, ganz besonders aber die deutschsprachige Theaterwelt, haben diese Uraufführung mit Spannung erwartet. Nun, das Publikum ist begeistert. Alle bisher schon zu Wort gekommenen Kritiker, Journalisten, Theater- und Literaturverständigen sind es ebenso. Wie geht es Ihnen da? Wie fühlen Sie sich?« Offensichtlich hat der Angesprochene eine Antwort bereits parat, denn kaum ist die Frage gestellt, hebt er zum Auskunftgeben an. Was er nun zu sagen hat, es bricht förmlich aus ihm heraus: »Mir geht es ausgezeichnet, wie Sie sich sicher vorstellen können. Nicht nur in meiner Funktion als Direktor freue ich mich riesig, auch über meinen persönlichen Erfolg mit dieser Inszenierung und überhaupt darüber, dass es mir als Erstem und bisher Einzigem gelungen ist, ein Stück von Gregor Hofmann umsetzen, sprich inszenieren zu dürfen. Es war schon schwierig genug, ihm eine bloße Aufführungserlaubnis für dieses Drama abzuringen. Ich aber durfte das Werk schließlich auch nach meinen Vorstellungen spielen. Ein Werk von diesem Autor zu spielen, ist, glaube ich, ein Wunsch vieler Regisseure. Es ist nicht übertrieben, wenn ich Ihnen sage, dass ich glücklich bin. Was Sie heute hier miterleben, was Sie heute hier sehen, das ist das vollkommene Glück eines Theatermenschen.«

Die Aufmerksamkeit richtet sich jetzt an Bill Hansen, einen in der Nebenrolle etablierten Schauspieler deutscher Herkunft, dem die Wiener Theatergesellschaft grundsätzlich, nachdem sie sich über Jahre hinweg an ihn gewöhnen konnte, gewogen ist. Im Dialog mit der ihn Befragenden offenbart er sein Überwältigtsein vor Freude, seine Lebensliebe zum Nebenfach, seine Schwierigkeiten mit der aktuellen Rolle. Er hat nur Vorstellungen, jedoch keine einzige Überzeugung zur Rollengestaltung gehabt. Und genau das hat ihn gleichermaßen an der Verkörperung des Bruders magnetisch angezogen wie abgestoßen. Bei allen seinen bisher angenommenen Rollen hatte er mindestens eine, nicht selten mehrere Überzeugungen, wie die jeweilige Darstellung erfolgen müsse. Beim Bruder hatte er das nicht, und das war sehr befremdlich für ihn. Erst im Laufe einiger Gespräche mit Robert hat er schließlich eine Überzeugung gefunden, anhand derer er den Bruder entwickeln konnte. Im besonderen Maße hat ihn die subtile Zerrissenheit am Brudercharakter fasziniert, weil dieser für das Stück eine enorme Bedeutung zukommt. Eine Steigerung seines Bekanntheitsgrades aufgrund der jetzigen Rolle schließt er definitiv aus, denn, mit Verlaub, er ist bereits seit Jahren schon durchaus bekannt, auch wenn trotzdem kaum einer weiß, wer er ist.

Angelika Poschalko ist es, auf die sich nun Aufmerksamkeit und Kamerafokus richten. Ihrer Introvertiertheit wegen gilt sie als kaum interviewbar, jedoch dem Können der Fragestellerin, die ihr journalistisches Handwerk meisterhaft beherrscht, kann selbst sie sich nicht ernsthaft verschließen. Eine professionelle Vertrauensbeziehung, die in den vergangenen Jahren, ja Jahrzehnten zwischen ihr und der Koryphäe des österreichischen Kulturjournalismus entstanden ist, erleichtert ihr eine Preisgabe von Persönlichem zusätzlich. Wie in Theaterkreisen kolportiert wird, ist die Poschalko hochgradig sensibel, zudem, gerade auch wegen dieser Sensibilität, ist sie extrem schwierig. Sie gilt als hervorragende Charakterdarstellerin. Die Schauspielerin ist am Theaterhaus altgedient, sie ist langjähriges Ensemblemitglied, ein Publikumsliebling, der gut besuchte Vorstellungen beinahe garantiert. Sie ist die Stimme *der* Nobelpreisträgerin, die ihre Texte vorzugsweise der Poschalko in den Mund legt. Poschalko fühlt sich angenehm tiefenentspannt. Mit dem Vorhangfall sind alle Muskeln in ihrem Körper locker geworden. Erst durch diese, im wahrsten Sinn des Wortes, Entspannung hat sie bemerkt, wie enorm verkrampft sie während der Aufführung gewesen ist. In einem Drama von Gregor Hofmann, noch dazu bei einer Uraufführung mitwirken zu dürfen, das ist schon etwas. Ja, es stimmt, sie hat den Schriftsteller vor etwa fünfzehn Jahren erstmals persönlich getroffen; seither sieht man sich beinahe jährlich. Das jedoch aus beiderseitiger Liebe zu einer bestimmten Region, und nicht aus großer Liebe zueinander.

Bei diesen Worten schmunzelt sie kokett. Die sonst meist zugeknöpft Wirkende lässt Sinn für Witz erkennen. Nachdem Robert Jamnik ihr sein Verständnis von der Rolle dargelegt hatte, kam es quasi zur Initialzündung. Von dem Augenblick an war ihr zur »Kindheitsfreundin« nicht nur alles klar, auch fühlte sie nun die Rolle ihr entsprechen. Damit meint sie eine weitgehende, wie soll sie es ausdrücken, vielleicht Identifikation, ja, Identifikation ist der treffende Begriff, mit dieser Frauenfigur. Ihr selbst hat dies an manchen Probetagen Angst verursacht, was dann sehr, sehr belastend für sie war, jedoch dazu möchte sie nichts mehr sonst sagen.

Mit einem Nicken quittiert sie den Dank für das Interview, den die Journalistin ihr ausspricht, um sich danach an den Darsteller des »Regisseurs« zu richten. Der vom Direktor aus Frankfurt mit ans Wiener Haus gebrachte Johannes Malfada ist dessen Günstling, seitdem er in einer TV-Dokumentation den Michel Foucault verkörpert hat. Sein Aussehen, das ihn auffällig macht, wird, je nach Anschauung der Anschauenden, mit den Adjektiven unschön oder hässlich beschrieben. Der allgemeine optische Ersteindruck, den er hinterlässt, pendelt zwischen diesen Zuschreibungen. Sein Gesicht ist markant, ebenso seine bei einer Größe von 1,97 m kernig-feste Figur. Für ihn ist der heutige Theaterabend eine neue Erfahrung. Irgendetwas von diesem Wiener Publikum ist heute auf ihn übergegangen. Leider, er kann das nicht an einem Wort festmachen, auch an mehreren Worten nicht, und für viele Worte wird sie ihm wohl keine Zeit einräumen, oder?

Nein, kein Oder, zerschlägt die Angesprochene seine vage Hoffnung, doch tut sie es so charmant, dass er sich keinen Einhalt bieten lässt und ungebremst weiterredet. An einem Beispiel kann er es vielleicht beschreiben, was in ihm heute ausgelöst wurde. Dieses Wiener Theatervolk ist ihm zur Minne, zur hohen Minne geworden, denn wie auch der Minnesänger möchte er die Aufmerk-

samkeit auf sich ziehen, um im wahrsten Wortsinn anzu-
klingen bei diesen für ihn stets nur flüchtig Erreichbaren.
Er möchte es nicht, das bloß beiläufige Zugeworfenbe-
kommen der Lorbeeren, er giert nach dem von völliger
Absicht getragenen Liebesbeweis, wenn auch gerade der
sich atmosphärenbedingt vielleicht rasch in der Thea-
ter- und Kulturszene verflüchtigt. Ganz richtig, sie sieht
das ganz richtig, heute in diesen Stunden des großen
Erfolgs hat er diesen Liebesbeweis geschenkt bekommen.
An einen solchen Liebesbeweis will er ab sofort immer
und immer wieder herankommen, auch wenn er damit
wahrscheinlich einem Phänomen hinterherjagt oder er
in eine Abhängigkeit verfallen ist, die seine Schauspielkunst zur Beschaffungskunst werden lässt. Seine Droge
ist der Liebesbeweis des Publikums, seine Darstellung,
sein Bühnenwirken sind gleichermaßen Beschaffungs-
und Liebesakt. Wahrscheinlich, so erläutert er auf die ihm
gestellte Frage hin fort, will jeder Schauspieler ganz grundsätzlich, ganz fundamental geliebt werden. Von allen. Vom
Haustier, vom Autoverkäufer, vom Hausarzt, Barkeeper,
den Nachbarn, Freunden, Bekannten, Kollegen und so
fort und – ganz klar – vom Zuschauer. Das ist jedoch eine
Form der Selbstliebe. Das ist die Selbstliebe von mehr oder
weniger letztlich immer Selbstdarstellern. *Die* Selbstliebe,
die man sich von anderen, oder über andere holen muss,
weil man sie nicht hat. Ganz einfach deshalb, weil man
sie selbst nicht hat. Ungehemmt redet er weiter, redet vom
heutigen Erhalt der Liebe zu sich selbst durch das Publikum. Seit heute hat er sie, die Liebe zu sich selbst, weshalb
er ihnen, den Zuschauern, ab jetzt *alles* geben kann. Jetzt

vermag er mit seiner Leidenschaft die Theatergeher dieser Stadt zu umschwärmen.

Um das Ausufern zu stoppen, setzt die Lasselsberger Schranken, indem sie das Wort gewandt an sich nimmt, ihm damit ganz nebenbei entzieht. Was er sagt, ist hochinteressant. Sie beabsichtigt daher in einem Porträt über ihn seine Ansichten diesbezüglich ausführlich zu thematisieren. Nun aber sollen auch die anderen noch einigermaßen gut zu Wort kommen können.

Was also hat Klara Fromm über sich und die Rolle der »vertrauten Freundin« zu sagen? Die räuspert sich erst einmal verhalten, jedoch, da diese Maßnahme ihr die gewünschte Stimmkraft nicht herbeibringt, räuspert sie sich erneut, diesmal allerdings ungehemmt. Ihre ins Mikrophon gesprochene Entschuldigung klingt reibungslos, die einwandfreie Stimmfunktion ist wiedergegeben. In ihrer gewohnt tief-festen Stimmlage lässt die Schauspielerin Zuseher wie Zuhörer ihre Bilanz zur heutigen Vorstellung wissen: Den Schauspielern wurde mit diesem Stück eine herrliche Möglichkeit zur Darstellung geboten, insbesondere nämlich zur *Gesamtdarstellung*. Gerade bei diesem Drama ist das wechselwirkende Zusammenspiel, das richtige Interagieren aller mit allen und jeder gegen jeden so essenziell.

Ein ganz herzlicher Dank ergeht daher von ihr an den Autor, besonders auch deshalb, weil er sie durch diese Rolle der »vertrauten Freundin« als Schauspielerin, wie sie glaubt, persönlich weiterentwickelt hat. Korrekt, sie kennt den Schriftsteller seit Jahren privat. Ihr gutes Verhältnis zueinander entspricht den Tatsachen. Nein, es verbindet sie mehr als das regelmäßige gemeinsame Golfspiel. Immer bleibt die Lasselsberger diskret, sie unterlässt es daher zu fragen, was denn die beiden so verbindet. Sicherlich würde genau das die gesamte Theaterwelt, Schaffende wie Konsumierende, enorm interessieren, gilt doch Gregor Hofmann ebenso wie Klara Fromm als nicht unattraktiver Single. Wäre die renommierte Journalistin bei einem anderen Sender, einem anderen Blatt, was dürfte, was könnte sie jetzt von Herzen mutmaßen, unterstellen, bohren. – Was könnte sie nicht alles hervorbringen, aus einer Privat- und Persönlichkeitssphäre, die sie bis ins Detail betrachtet und damit gerade nicht achtet. Doch nein, sie, die Lasselsberger, hat einen Ruf zu verlieren, und arg, arg sind nur die, die nichts zu verlieren haben. Manches Mal, da würde sie, die Lasselsberger, gerne sagen, was sie weiß oder was sie naheliegenderweise vermutet. Schließlich ist sie es, die regelmäßig mehrere Einzelfakten kennt, die sich zur Indizienkette verdichten lassen. Manches Mal, ja, da wäre sie gerne *die* Klatschreporterin der österreichischen Kunst- und Kulturszene, nicht die Seriöse, die Vertrauenswürdige, die Anständige. Manches Mal, da würde sie gerne kundtun, was sie von dem ein oder anderen, der ein oder anderen aus Kunst und Kultur hält, und vor allem, warum sie es von jemandem hält. Zu gerne würde sie die Zicken, Machos, Prolos, Nichts-dahinter-Tussis, Leergeister, Brutalos, Borniertdiven, Blenderinnen wie Blender, Nichts- und Wenigkönner, die es gerade auch in dieser Berufssparte gibt, ihrer Zuseherschaft, ihrer Zuhörerschaft preisgeben. – Indes, sie tut es nicht, ist sie doch die Anständige, die Vertrauenswürdige, die Seriöse. Also fragt sie nach etwaigen Schwierigkeiten mit der Rolle, fragt danach, was der Kern der Rolle ist.

Der Kern der Rolle, so meint die Darstellerin, ist das drohende Missverstandenwerden, das Fehlinterpretiertwerden durch die Hauptfigur, die ja aufgrund ihrer völlig neuen – »Lebenskonfrontationen« will sie es nennen – unsicher ist. Diese Spannung zwischen dem Verständnis einerseits, das sie bei ihrer Rolleninterpretation der Hauptfigur entgegenbringt, andererseits der ansatzweisen Verärgerung über diese. Die im Raum stehende Kränkung, die ihr von der Hauptfigur her – wenn auch unbeabsichtigt – droht, die wie ein Fallbeil, das etwas Wichtiges von ihr abtrennen wird, an ihrem Nacken aufliegt, ist für sie nur mit extremer Verausgabung möglich zum Ausdruck zu bringen. Zumindest hofft sie, dass sie es für die Zuschauer zum Ausdruck bringen kann. Nein, Gregor Hofmann hat ihr nicht bei der Ausgestaltung der Rolle geholfen, er hat sein Stück bekanntermaßen nicht inszeniert. Deshalb hätte er sich niemals, von wem auch immer, einbinden lassen. Sie hat ihn nicht angesprochen dazu, auf diesen Gedanken ist sie gar nicht erst gekommen.

Ob sie sich eine andere, zukünftige Zusammenarbeit mit dem heutigen Erfolgsteam vorstellen kann? Grundsätzlich ja. Doch daran ist jetzt erst einmal nicht zu denken. Am Haus gehen die Aufführungen während der kommenden fünf Monate. Zehnmal muss bis Ostern bei jeder Darbietung alles gegeben werden, denn heute haben alle alles gegeben, daher sind sie nun in der teuflischen Verantwortung, das Niveau halten zu müssen, das Erreichte nicht zu verspielen. Sie lacht kurz, die

Fromm, über die von ihr festgestellte Doppelbödigkeit dieses Wortes aus Schauspielersicht.

Wie ihr Verhältnis ist zu der Frau, die sie spielt? Hm, die Frage ist gar nicht einfach zu beantworten. Grundsätzlich glaubt sie, mag sie diese Frau, die, zweifelsohne, etwas Sympathisches an sich hat. Was sie an dieser Frau aber ablehnt, ist deren Verhalten ganz generell in Bezug auf den neuen Mann in ihrem Leben. Was sie heute noch machen wird, ist das Feiern des Premierenabends mit den anderen, mit allen im Haus befindlichen Kolleginnen und Kollegen, also mit allen am Haus Beschäftigten, die heute Abend da sind.

Sie gibt den Dank der Reporterin für das Interview zurück, professionell, dabei trotzdem aufrichtig. Immerhin, sie kennt die Kulturexpertin einige Jahre bereits, schätzt sie und mag sie.

Nun bekommt Ömer Cetin seine Bühne von der Moderatorin eingeräumt. Zurzeit ist er der Shootingstar des deutschsprachigen Films. Er ist kein Theaterschauspieler, hat keine Schauspielausbildung, doch hat er ein gewisses Talent, das man dann erkennen mag, wenn man eine Rolle seines Typs zu besetzen hat. Er ist türkischstämmig, in dritter Generation in Berlin-Kreuzberg geboren und ebendort mit 21 durch Zufall vom Film entdeckt worden. Seither verkörpert er stets den Typus des schönen, vielbegehrten Mannes, dem Keine widerstehen kann. Er hält sich für Gottes Geschenk an die Frauen, auf dieser Überzeugung ist seine Einstellung zu Frauen, seine Haltung ihnen gegenüber gediehen. Der Direktor wollte unbedingt ihn für die Rolle des »Neuen« haben, daher sein Gastspiel am Wiener Haus, überhaupt am Theater.

Der heutige Erfolg, so erzählt er aufgrund dahingehender Befragung, ist schon sehr, sehr beeindruckend für ihn. Nein, nicht allein des heutigen Triumphes wegen, sondern überhaupt der allgemeinen Theateratmosphäre wegen. Die ist mit einem Filmdreh nämlich nicht annähernd zu vergleichen. Beim Dreh gibt es keinen Beifall, kein Gefeiertwerden, beim Film kommen die Zeichen des Erfolgs erst sehr viel später, wenn sie überhaupt kommen. Das Sofortige am Theater, das ist für ihn eine tolle neue Erfahrung. Nein, er denkt nicht daran, vom Film zum Theater zu wechseln. Nicht einmal im Traum denkt er daran. Seine Heimat ist der Film, den er irgendwie viel angenehmer findet. Keiner verlangt dort das Auswendigkönnen hunderter Textseiten, und das Abspulenkönnen des Textes zum richtigen Zeitpunkt. »So ein Theater«, grinst er gezielt in die Kamera, »Ladies, bewundern Sie mich im Film«, sagt er. »Im Theater werden Sie dazu nur mehr zeitlich begrenzte Möglichkeiten haben.« Wie er auf Nachfrage darlegt, hat er sich zwar für die Spielzeit der Aufführungen in Wien verpflichtet, danach, das ist für ihn fix, kehrt er der Theaterwelt wieder den Rücken. Ja vielleicht wird er hie und da einmal an einem Haus ein Gastspiel geben, selbst das ist sehr unwahrscheinlich, nicht aber gänzlich auszuschließen.

Ob das dann bei entsprechendem Anbot eines Theaterhauses eine Frage des Geldes ist, versucht die Lasselsberger in Erfahrung zu bringen. Wer sie kennt und/oder richtig zu deuten weiß, dem ist klar, was sie von diesem Mittdreißiger hält. Nichts ist es, was sie, gut getarnt, doch deutlich erkennbar für alle Adepten sowie für manche Zuhörer, offenlegt. Dieser Pseudoabgott regt sie auf. Mit seinem Stimmtimbre ist er ihr zuwider, beinahe unerträglich ist es ihr, obgleich es ihr nur von solchen Filmen her bekannt ist, die sie ohnehin nur vom Wegschalten her kennt. Wer bitte, das fragt sie sich, macht so einen zum »Star«? Welche Art von Filmindustrie tut einen solchen Verrat an den Grundfesten des schauspielerischen Handwerkskönnens? Bestimmt gab es in ihrem langen Fachjournalistendasein mehrere, bei denen sie sich das gefragt hat, aber immer dann eben, wenn einzelne Meinungsmacher aktuell Nichtbegnadete zum Abgott erheben, fragt sie sich das.

Klar kann er sich bei Geld, viel Geld, sehr viel Geld einiges vorstellen. Doch nein, das Publikum soll ihn jetzt bitte nicht falsch verstehen, er ist nicht käuflich, er ist lediglich auch ein guter Geschäftsmann. Er freut sich auf die Premierenfeier, ein guter Beginn für die heutige Nacht, die er nicht vorhat schlafend zu verbringen. Er will abfeiern bis zum Morgen in den Bars dieser Stadt, die schon zu seinem Wohnzimmer geworden sind. Dafür wünscht ihm die Moderatorin viel Vergnügen; sein anspielendes »Vielleicht trifft man sich nächtens irgendwo« überhört sie.

Sie rückt nun Anna Brehm ins Zentrum der allgemeinen Aufmerksamkeit. Die Blonde mit den tiefdunkelbraunen Augen, die irgendwann vor etwa dreizehn Jahren von der aussehensmäßig schönen, dafür allerdings nichtssagenden Blondine fast über Nacht zur Matrone mutiert war. Von da an war die Schauspielerin Anna Brehm insofern ausgereift, als sie sich zur unverkennbaren Marke vollendet hatte. *Die* Brehm war geboren; Anna Brehm hatte sich selbst, die Brehm, als Identifikationsfigur erschaffen.

Anhand einer Aussage von Gregor Hofmann möchte die Lasselsberger, wie sie erläutert, das Interview beginnen. Derartiges erlaubt sie sich nur, weil Hofmann als Autor immerhin die Grundlage für den heutigen Abend sozusagen entworfen hat. Sie erlaubt sich diese Aussage, die er vor dreizehn Jahren im Kreis einer von ihr geleiteten Diskussionsrunde getätigt hat, wortgetreu vorzulesen: »*Schauspielkunst zeichnet sich meiner Meinung nach jedenfalls durch Vielfältigkeit aus. Ein Schauspieler muss unterschiedliche Rollen glaubwürdig darstellen können, glaubwürdig darstellen wollen. Anna Brehm beherrscht das neben einigen wenigen anderen in Perfektion. Wenn sie eine Frauenrolle spielt, sehe ich ausschließlich die beispielsweise OLGA, BLANCHE DUBOIS, EVA oder GENIA; ich erlebe nur die jeweilige Frau, nicht einen Hauch Anna Brehm. Diese Schauspielerin zieht keinen roten Faden durch ihre Frauenrollen, und das ist gut so. Das ist faszinierend, das ist geniale Darstellungskunst. Sie bindet ihre Frauen nicht mit roten Fäden, sondern entfesselt eine jede.*«

Solcherart fertiggelesen möchte die Journalistin nun die Meinung der Gepriesenen dazu haben. Brehm allerdings entzieht sich geschickt, indem sie in leicht ironischem Ton sagt: »Ich meine, dass Hofmann offenbar ein Fan von mir ist.« Diese Aussage bewirkt ein kurzes, schlagartiges Lachen bei den Umstehenden, bei der Lasselsberger bewirkt es die Konkretisierung dessen, was sie von ihrer Gesprächspartnerin wissen möchte. – Wie also erarbeitet die sich ihre Rollen?

Das Wort beherrscht die Schauspielerin nur im Spielen, abseits ihrer Figuren fällt ihr Ausdrücken nicht leicht, fällt die Verständlichmachung ihrer eigenen Befindlichkeit grundsätzlich schwer. Daran ändern Triumph oder Glorie nichts, denn erleichtern sie nicht die Schwere ihrer Existenz, aus der heraus ihre ureigenen Worte niemals unbeschwert an die Außenwelt gelangen können. Was aus Interviews auf Anna Brehm, das Wesen Anna Brehm, vielleicht richtig rückgeschlossen werden kann, liest, hört sich meist nur zwischen den Zeilen und/oder mitunter, zumal *die Brehm* als Markenimage, daher auch Tarn- und Schutzschild, immer wieder mitredet, aus ihr herausredet. Das Wesen hinter *der Brehm* mag tiefgründig sein oder nicht, mag verletzt sein oder verletzend, mag liebenswert sein oder verachtenswert, allein – was ein Jemand sicher weiß, ist, Anna Brehm hat sich mindestens eine Option in ihrem Leben nicht zugestanden.

Unter merklicher Anstrengung deklariert sich die Befragte, presst hervor, was ihr zensurierender Geist zuvor freigegeben hat. Sie versucht sich bloß im Gehörtwerden, denn, sie weiß es, ein Verstandenwerden liegt immer in der Macht des anderen. So erzählt sie präzise darüber, wie sie in ihre Rollen findet. Die unrhythmisch kommenden Worte formen sich zur Atonalität, die durch den kontinuierlichen Einsatz einer Hand, oft auch beider

Hände, zudem (auch) ersichtlich ist. So erzählt sie aus sich heraus, hinein in den Sprachraum, erzählt wie sich ihre Frauenfiguren über sie stülpen. Dem ist sie völlig ausgeliefert, ihr Wollen oder Nichtwollen haben keine Bedeutung. Nicht kann sie sagen, zu welchem Zeitpunkt diese Inbesitznahme ihrer Person erfolgt, auch weiß sie nicht, ob diese allmählich oder blitzartig geschieht. Solcherart in die Gewalt ihrer Frauenfiguren genommen bleibt ihr einzig Beugung. Nein, sie hat sich nicht nur in die Gedankenwelten dieser Frauen zu fügen, sie muss in diesen Welten aufgehen, so lange, bis am Ende eines Stücks oder am Ende eines Drehs die jeweilige Frau sie wieder freigibt, ihre Persönlichkeit endlich wieder freigibt. – Und dieses »Dann-wieder-frei-Sein« ist in den ersten Stunden danach immer arg, denn ist es wie ein betäubungsloses »Durchtrenntwerden«, das in örtlicher Betäubung sämtlicher positiver Gefühle endet.

Über dahingehende Nachfrage spricht die Brehm kurz vom stundenlangen Alleinsein in der Stille, in dem der Trennungsschmerz schließlich verebbt ist. Jahrelang waren es ausschließlich Stille und Alleinsein, die ihr halfen, heute stehen ihr dazu Alternativen offen, wenn dadurch auch das »Wieder-ganz-zu-sich-Kommen« nicht minder belastend ist.

Das Hinterfragen der Alternativen unterlässt die Lasselsberger ebenso, wie sie es zuvor unterlassen hat zu fragen, ob sich die beschriebene Trennung heute schon vollzogen hat. Ihr Instinkt dafür, etwas besser nicht zu tun, ist untrüglich; sie ahnt den Wunsch ihrer Gesprächspartner, manches im Verborgenen zu belassen. Deshalb fragt sie nach den Proben, fragt nach Schwierigkeiten und Besonderheiten dieser Produktion.

Die Proben haben sie extrem angestrengt, berichtet daher die Brehm. Sie erinnert sich an keine Proben sonst, die ihr je so dermaßen viel abverlangt haben. Bestimmt gab es in der Vergangenheit die ein oder anderen heftigen Proben, wobei ihr ad hoc »Serata« und »Die Gretchentragödie« einfallen. Gerade bei diesem Film musste sie sich stellenweise exhibieren, was ihr in dieser Art zwar keine Probleme machte, weil sie sich dennoch kostümiert fühlte, ihr aber höchste Konzentration abverlangte. Das Darstellen von Triebhaftigkeit, ein von ihr sehr weit gefasster Begriff, ist für sie wie ein netzloser Balanceakt auf einem Hochseil, zwischen zwei Gipfeln des, sie sagt, Karakorums. Nur mit eiserner Gedankendisziplin und Anspannung einer jeden Körperfaser gelingt der. Das Triebhafte lässt sich paradoxerweise nur darstellen anhand bewusst erzeugter, zumindest aber bewusst verwendeter Sinnes- und Gedankenhemmungen. Das Triebhafte frei von jeglicher Affektiertheit im Spielen hervorzubringen, das ist für sie immer Schwerarbeit. Die Natur des Triebhaften lässt sich von ihr jedenfalls nur dann natürlich darstellen, wenn sie sich fast aller Kunstgriffe bedient, die sie beherrscht. In »Albedo, ein Verhältnis der Reflexion von Licht und Menge«, dem aktuellen Stück, steigern sich die Anforderungen aus mehreren Gründen nochmals potenziert ins Extreme. Nämlich weil in diesem Stück das Triebhafte niemals explizit zum Ausdruck kommen soll, dafür aber fast durchgehend latent merkbar sein soll. In diesem Drama stellt sie Expressionistisches sozusagen impressionistisch dar, und das verlangt ihr alles ab. Das Augenblickliche von Einzelszenen hält sie serienhaft fest, so ähnlich wie Serienaufnahmen einer Fotokamera dies tun, wodurch es ihr gelingt, das ihrer Rolle zeitweilig implizite Vakuum zu füllen. Jedenfalls hofft sie, die Brehm, dass ihr das gelingt.

Eine andere besondere Herausforderung beim aktuellen Hofmannstück ist für sie als Hauptrolle das vielfach Indirekte, das Konjunktive, das Virtuelle, das Hypothetische, das sie zu verkörpern hat, oder richtiger, das die Hauptfigur aufgrund der gegenwärtigen Gefühlsgeschehnisse an den Tag legt.

Welche Gefühlsgeschehnisse sie konkret meint, hinterfragt nun die Lasselsberger, der nicht entgangen ist, dass auch die Brehm dem Wunsch des Autors, man möge jedes Einzelne seiner Werke nur zur Gänze in den Mund nehmen oder es unausgesprochen lassen, nachgekommen ist. Die Kulturkoryphäe will die umfassende Auskunftsbereitschaft der Brehm bestmöglich nützen, weiß sie doch um die Vergänglichkeit dieser Bereitwilligkeit. Die Lasselsberger will, nein muss die Gunst der Stunde nützen, wenn auch die Brehm'sche Auskunftsfreudigkeit sich nach wie vor ungeschmeidig in Worte fügt und Wortfindungslücken lange ungeschlossen bleiben. – Wenn auch Unterbrechungen bedingt durch Formulierungssuche teils lange dauern, ehe sie mit Behelfen wie »ähm«, »ah«, »ahm«, von der Brehm aufgefüllt werden, um damit lückenlos das nächste Wort anpeilen zu können.

»Die Kontextkrise«, antwortet die Befragte unverzüglich. Verglichen mit ihrem üblichen Rückmeldemodus erinnert diese Entgegnungsart an einen Schuss; einen Schuss, treffsicher abgefeuert ins Zentrum des Schwarzen, von einem Heckenschützen mit Präzisionsgewehr. – Alle Umstehenden, die diesen dumpfen Wortschuss der Brehm hautnah hörbar erlebt haben, sowie die Interviewerin selbst sind überrascht, was momentan auf ihren Gesichtern zu erkennen ist, ehe die Mienen wieder zu *dem* professionellen Ausdruck zurückfinden, den ein jeder Gesichtsträger dem seinen zugedacht hat. Das ist Professionalität, wenn auch Lügner und Hinters-Licht-Führer eine Ausdrucksverschleierung oder Ausdruckstäuschung nicht selten intuitiv beherrschen.

»Es ist das Gewinnen, nein, wohl eher das Geschenktbekommen eines Zugangs zu sich selbst in bisher verborgene, unbetretbare Seelengegenden des, des eigenen weiten Landes meiner Figur«, erklärt die Brehm weiter, deren bekannte Neigung für Schnitzler auch hier Ausdruck findet. »Sie weiß durch dieses Geschenk, diesen Gewinn, widersinnigerweise nicht, ob sie bei Annahme damit verliert. – Trojanische Pferdeangst ohne Erkenntnis, damit nur spürbar, und weil doch freudeüberlagert, nicht wirklich ruchbar. Kaum möglich für mich, das auf die Bühne zu bringen.« »Aber Sie haben es perfekt auf die Bühne gebracht, Frau Brehm«, stellt die Lasselsberger klar, »andernfalls hätten Sie nicht diese Resonanz von Publikum und Presse.«

Eine solche Feststellung gibt der Brehm abermals Gelegenheit, sich für die Anerkennung ihrer heutigen Schauspielleistung zu bedanken; kaum, dass sie das getan hat, wird die Zusammenarbeit mit den anderen und dem Direktor als Inszenierenden von der Moderatorin erkundet.

Hierzu findet die Schauspielerin entgegen ihrer sonstigen Manier rasch zu Aussagen, sie spricht über ihre Schwierigkeiten mit dem »Getragen-werden-Müssen« ihrer Figur durch alle anderen Darsteller und den Kraftakt, temporär Gewaltakt des »Alle-anderen-tragen-Müssens«. Selbstverständlich gibt es das Tragen und Getragenwerden, diese Wechselbezüglichkeit, in beinahe jedem Stück bis zu einem gewissen Maße. Dort aber ist es immer nur zeitweilig, außerdem völlig anders. Zudem ist es oft spielerisch, niemals jedenfalls so derart intensiv und umfassend wie beim Hofmannstück. Beim Hofmannstück kann man die Hauptfigur, die Gefühlslage der Hauptfigur, ausschließlich mit Hilfe der anderen Rollen – nämlich bitte aller anderen Rollen – erfassen! Die anderen Charaktere wiederum zeigen sich allein durch die Interaktion mit der Hauptfigur. – Na gut, die Rolle »des Neuen«, das muss man schon sagen, gestaltet sich auch durch die Rolle »der Freundin« etwas mit, in marginalem Ausmaß allerdings bloß. Sie kann nicht sagen, was ihr schwerer gefallen ist, Tragen oder Getragenwerden, doch glaubt sie, dass es Letzteres gewesen ist. So viel ist sicher, es war sehr hart, sich auf die Kollegen in dieser Form einzulassen. Um das Wesentliche der eigenen Rolle publikumstauglich darstellen zu können, muss sie sich den anderen öffnen. Jedem Einzelnen von ihnen muss sie sich gleichermaßen öffnen, was ihr gerade auch wegen der speziellen Situation viel Mühe, nicht selten sogar Überwindung abverlangt hat.

Was es mit der Überwindung konkret auf sich hat, interessiert die Moderatorin, weshalb sie diese Aussage ihrer Gesprächspartnerin hinterfragt. – Erfolglos allerdings, verbleiben deren Antworten doch im Abstrakten, wodurch sie den gewünschten Aufschluss nicht herbeiführen.

Die selbstauferlegte Konzilianz lässt auch hier weitere Nachforschungen nicht zu, weswegen die Kulturkoryphäe das ihr Dargebotene einfach hinnimmt. Sie lässt die Brehm, die ganz offensichtlich ihre Neigung zum Sermon entdeckt hat, in Erwartung einer günstigen Abbruchgelegenheit weiterreden, zudem hofft sie auf deren Verstummen ohne ihr Eingreifen. Da dies, wie sich abzeichnet, nicht bald eintreten wird, unterbricht die Lasselsberger; hinein in eine Formulierungspause der Redenden setzt sie deren Wortlauf ein höfliches Ende. Sie verweist auf die bereits einigermaßen überschrittene Sendezeit, die es nun nicht mehr allzu sehr auszudehnen gilt, obwohl der Direktor noch ein Schlusswort haben soll. Sie wendet sich daher an Robert Jamnik und räumt diesem die Möglichkeit kurzer Abschlussworte ein.

Natürlich ist ein Hofmannstück nicht einfach auf die Bühne zu bringen, schießt der Herr des Hauses sogleich los. Genau das aber macht diesen Schriftsteller für das Theater so interessant. Natürlich müssen die Schauspieler gerade hier extrem viel geben. Und die Hauptrolle, die muss vielleicht an oder sogar über ihre Grenzen hinaus gehen. Er, Jamnik, verlangt das, wenn nötig – na selbstverständlich – von seinen Leuten. Dafür ist er schließlich bekannt, dafür ist sein jeweiliges Haus bekannt. Sein Team ist diesbezüglich jedenfalls das Beste. Warum? Weil alle klar wissen, was von ihnen gefordert ist. Alle, die unter seiner Direktion arbeiten, haben sich entschieden alles, erforderlichenfalls mehr als alles auf der Bühne zu geben. Wer das nicht kann, wer dazu nicht bereit ist, wer nicht weiter entwicklungswillig ist, muss gehen. Was das Theater können kann, das hat sich heute ja gezeigt.

Da sich auch bei seiner Rede kein freiwilliges Ende absehbar abzeichnet, wird die Lasselsberger erneut aktiv. Diesmal jedoch wartet sie nicht auf Gelegenheiten anhand derer es möglich ist, das Nötigende des Unterbrechens zu verschleiern. Abrupt schneidet sie dem Hausherrn nach dessen letztem Satz das Wort ab, indem sie das Ende der Sendezeit verkündet, sich beim gesamten Team bedankt und sich von diesem sowie den Zusehern verabschiedet. Ein großartiger Premierenabend ist vorbei.

Kapitel 2

Anruf bei Anna Brehm

Das Telefon läutet hinein in die Stille, die momentan im Haus, in das sich die Schauspielerin gegenwärtig allein zurückgezogen hat, ihrem Haus, herrscht. Als würde dieses Klingeln ihres mächtigen schwarzen mit Wählscheibe ausgestatteten Bauhaus-Telefons aus dem Jahr 1928 das Tuch zerschneiden, in das sie sich vor 52 Stunden gewickelt hatte, um ihre verbrennungsartigen Seelenschmerzen zu lindern sowie sich zugleich dem Leiden uneingeschränkt hinzugeben. Aus dieser Hingabe resultiert das Selbstmitleid, in dem etwas von ihr zu versanden droht. Hinein in dieses Zeitgeschehen der Anna Brehm setzt das Telefon den Schnitt, mit dem sich der Stoff chirurgisch exakt durchtrennt, wodurch die Tuchhälften von ihr abfallen und sie sich dem Leben wieder ganz ausgeliefert fühlt. Sie geht auf den Apparat, zu dem sie aus mehrfachen Gründen eine Beziehung hat, zu. Ausschließlich ihr, wie auch sie es nennt, »innerer Kreis« verwendet die Festnetznummer, die sie, trotz aller sonstiger Sparsamkeit, einer schönen Nostalgie wegen belassen hat.

»Hallo«, spricht sie leicht gedämpft in den zwischenzeitig abgenommenen Hörer hinein. Nach den Schweigestunden ist ihre Stimme noch im Ruhemodus; das Durchführen der täglichen Stimmhygiene konnte sie noch nicht vornehmen.

»Hallo«, tönt es ihm aus dem Hörer entgegen, »sprech ich mit Anna Brehm? Hier ist Robert Jamnik.«

Reflexartig zieht sie Kopf und Oberkörper beim Vernehmen des Namens zurück. Sie hat sich nicht verhört, eindeutig nicht, wo sie doch den Klang dieser Stimme in sehr guter Erinnerung hat. Was will *der* auf diesem Festnetzanschluss von ihr? Was will *der jetzt* von ihr? Will sie Antworten auf diese Fragen, sie weiß es, muss sie in Dialog treten. Kurz entschlossen sagt sie daher: »Ja, Anna Brehm am Apparat. Was willst *du* denn?«

Was er will, ist die Vergabe einer Hauptrolle an sie in einem Stück, das an seinem Theaterhaus Premiere haben wird und das er selbst inszenieren wird. Er hält sie für eine Optimalbesetzung, daher die direkte Kontaktaufnahme. Obgleich er nicht eben empathisch ist, spürt er doch die Notwendigkeit, die Künstlerin für alle weiteren Erklärungen ins Theater zu bewegen; dort sieht er mehr Chancen, sie für sein Vorhaben zu gewinnen. Wenn er jetzt mit ihr in Diskussionen kommt, ist er verloren, weil er sie verlieren wird, die Möglichkeit ihrer Zusage. Nicht einen Disput hat er ihr in der Vergangenheit zugestanden, er hat aus seiner Machtposition heraus nur verkündet. Während Anna Brehm in den Telefonhörer schweigt, setzt Jamnik alles auf eine Karte. »Wenn du nur einen Funken Interesse hast, dann sei morgen um zwölf Uhr im Theater. Dort besprechen wir alles Nähere, danach kannst du dich entscheiden«, sagt er, ehe er den Anruf beendet. Anna Brehm weiß nun nicht, welche Schicksalsgestalt sie dem Anrufer zuweisen soll. Ist es die wenn auch vielleicht irre, launenhafte Fee, die die

Erfüllung von Sehnsüchten erkennen lässt, oder ist es der Beelzebub, der jedenfalls Vorsicht, Zurückhaltung oder gar Entsagung gebietet. Nun, da auch der Teufel es vermag, Wünsche zu erfüllen, entscheidet sich Anna Brehm dafür dem Ruf zu folgen; zur genannten Stunde wird sie morgen im Theater erscheinen.

Zeitgerecht findet sie sich im Direktionsbüro ein, wobei ihre Pünktlichkeit weder Wertschätzungs- noch Respektsbeweis für Jamniks Person ist, sondern Bezeugung ihrer Selbstachtung und der Beweis von Haltung. Nach dem kurzen zweimaligen Klopfen, mit dem sie ihr Erscheinen angekündigt hat, tritt sie ein; eine von innen kommende Reaktion wartet sie nicht ab. Wozu auch? Ist sie doch zu seiner Zeit an seinem Ort erschienen. Sie sieht ihn sitzend am ovalen Besprechungstisch, an dem, mit einiger Mühe zwar, aber immerhin, bis zu zwölf Personen Platz finden können. Vermutlich ist es ein Skriptum, das vor ihm liegende Papierbündel, mit dem er im Zeitpunkt ihres Eintretens beschäftigt ist. Diesmal, es entgeht ihr nicht, wird von ihr nicht als Zufall interpretiert, hat er sich nicht an den mächtigen, überdimensional großen Schreibtisch gesetzt, den er aus Frankfurt einfliegen hat lassen, den er sein Bollwerk gegen Stillstand und Rückschritt nennt. Dort, hinter seinem Bollwerk, sitzt er jetzt nicht, was gut so ist. Beiläufig schaut er auf, begrüßt Anna Brehm mit Kopfnicken und weist ihr mit eindeutiger Geste die Stühle in seinem Nahbereich zu, von denen sie sich den ihren erwählen soll.

»Gut, dass du gekommen bist«, ist seine Begrüßung,

»so können wir in Ruhe reden.« »Aha«, gibt sie zurück, »dann muss es um etwas gehen, das für dich Wichtigkeit hat.« Dabei nimmt sie den gewählten Platz ein. Der Sessel, auf dem sie sich niederlässt, liegt ihm in diagonaler Linie gegenüber. Sie begrüßt ihn beiläufig, ohne Freundlichkeit, mit einem »Servus«, das sie bewusst in starkem Wiener Dialekt ausspricht. Gerade sie als Schauspielerin weiß um die Macht der Dialekte. Die große Handtasche platziert sie auf dem Sitzplatz neben sich, wohl bedacht darauf, dass Jamnik diesen Beutel keineswegs übersehen kann. Seine Aversion gegen Frauenhandtaschen ist schließlich allgemein bekannt. Mit Genuss betrachtet sie ihr Gegenüber, währenddessen die langen Henkel der Tasche sich leicht nach vorne zum Tisch hin neigen, nachdem sie ihnen, untermalt von einem »Soda«, einen Handschlag verpasst hat. Momentan ist er nicht in der Lage, sich den Anblick des ihn anwidernden Gegenstandes ersparen zu können, denn gilt es situationsadäquat zu agieren, weil er viel, sehr viel, verlieren kann. Nein, kein Schrei, kein Wort entfahren ihm, weder Hand noch Faust schlagen nieder auf den Tisch. Er greift schweigend hinein in die Innentasche seiner auf der Lehne des Sessels hängenden Lederjacke. Von dort bringt er die gelbe Schachtel hervor, in der die von ihm leidenschaftlich gerauchten Cohiba-Zigarillos stecken. Noch aber steckt er sich keine an, sondern legt das Behältnis vor sich auf den Tisch. Seine Waffen hat er ihr gezeigt, seine Bereitschaft sie zu verwenden braucht er ihr gegenüber nicht extra darzulegen. Als ob er damit sein Aufrüsten entschärfen wollte, steht er auf, um aus der mittig am

Tisch abgestellten Wasserflasche ein Glas zu füllen, das er ihr schließlich hinstellt. In diesem Moment klopft es auch an die Türe, durch die unverzüglich jener Assistent hereinkommt, bei dem er noch kurz vor Brehms Erscheinen Kaffee mit Milch geordert hat. Das Gewünschte wird geliefert, die Tassen wurden wunschgemäß befüllt, die Fronten sind abgesteckt.

Just beginnt Jamnik das Stück, für dessen Hauptrolle er eben sie, Brehm, gewinnen will, inhaltlich zusammenzufassen sowie rollenmäßig kurz zu beschreiben. Grob erläutert er ihr seine Vorstellungen bezüglich Inszenierung, sein Verständnis von den jeweiligen Rollen führt er etwas näher aus, trotzdem verbleibt er hierbei vage, weil die Schauspieler ihr Rollenstudium noch nicht begonnen haben. Der Text wurde ihnen gestern erst zum Durcharbeiten ausgehändigt; Rollenfindungen, Rolleninterpretationen waren demzufolge noch nicht möglich. Erwartungsvoll schaut er sie an, sein Blick spricht für sich allein, verlangt nach einer Zusage, was sein Mund wie folgt formuliert: »Bist du dabei? Übernimmst du die Rolle?«

»Wie lange habe ich Zeit, mich zu entscheiden«, fragt sie und mit metallener Schärfe im Wortklang antwortet er umgehend: »Du hast keine Zeit. Time is not on your side.«

Um nicht vorhandene Zeit zu gewinnen, fragt sie, was er zuvor regelmäßig zu nennen vergessen hat, sie fragt nach dem Autor des Stücks. Als sie Hofmanns Namen vernimmt, ist es ihr, als würde sie stolpern, als würde sie über diesen in einem Hinterhalt liegenden Namen stolpern. In ihrem Kopf rauscht etwas auf, es ist das

Aufrauschen, das Rauschen ihres eigenen Blutes, das in Wallung gekommen ist. Neue Befindlichkeiten ziehen auf – die Seele ist ein weites Land.

Hier kann sie ein langes Schweigen nicht aufkommen lassen, hier kann sie sich nicht mit dem Tuch der stillen Selbstmitleidigkeit umwickeln, hier verwendet sie das verbliebene Mögliche, nämlich ihre Courage. Sie tritt in Aktion, indem sie dem überraschten Direktor Preis und Bedingungen diktiert, zu welchen sie ihm die Zusage geben wird. Aufkommende Einwände ihres Gegenübers werden insofern im Keim erstickt, als sie aggressionsfrei, fast sanft über diese hinwegredet. Mehrung der Kraft durch Widerstand, so oder so ähnlich hat Novalis es formuliert, das, was sich in Anna Brehms Innenwelten in diesen Minuten vollzieht.

Diesmal hat er keine Chance, diesmal ist er es, über dessen Schicksal andere bereits im Vorfeld von Hinterzimmern oder Stätten der Subversion entschieden haben. »Bedenkzeit«, gibt sie ihm auf seine Bitte hin zurück, »die brauchst du nicht. Du musst dich entscheiden. Jetzt, hier, in dieser Minute.« Dass auch er irgendwie keine Wahl hat, weiß sie nicht, doch lässt es ihre Intuition vermuten.

»Also gut. Du bekommst, was du willst«, gesteht er ihr zu, »ich lasse den Vertrag gleich jetzt so schreiben, außerdem lasse ich dir zwei Exemplare vom Text bringen. Lies dich einfach mal ein, wir treffen uns dann alle in drei Wochen für die ersten Besprechungen.«

Anna Brehm ist neu geboren aus dem Widerstand; aus dem Widerstand neu geboren ist auch die Brehm.

Als sie das Theater verlässt, ist es 13:14 Uhr, sie begibt sich ins Café, wo sie plant eine Kleinigkeit zu sich zu nehmen. Überraschenderweise findet sie sofort einen Platz, nicht nur das aber, sie findet auch einen solchen, der ihr einigermaßen angenehm ist. Das Sitzen mittig, ohne den Schutz wenigstens einer Wand, sie kann es nicht ausstehen, findet es unerträglich. Nach Durchsehen der Speisekarte verlangt sie die böhmische Erdäpfelsuppe, dazu ein kleines Bier. Obgleich sie gerne isst und Essen wahrscheinlich der Genuss ist, den sie ohne Schwierigkeiten, ohne Mühen tatsächlich auskosten kann, hält sie Maß. Die Aussicht auf ein opulentes Abendessen ihrer Wahl in den Nachtstunden ist gegeben, was ihr das aktuelle Diszipliniertsein erheblich erleichtert. Das eben vom Kellner servierte Bier ergreift sie sofort; in drei großen Zügen nimmt sie die ersten Schlucke zu sich. Die Abneigung Hofmanns gegen dieses Getränk ist ihr bekannt; jetzt, wo sie daran denkt, kommt ein Lächeln über ihr Gesicht. Auch ein Spinner, dieser Spinner, denkt sie, dann wendet sie sich ihrer Tasche zu, in der Absicht, von ebendort ihr ungeliebtes Handy hervorzuholen. Dieses Unterfangen stellt sich als schwierig heraus, denn mehrmals muss sie sich durch den gesamten Inhalt wühlen, ehe sie, nachdem die Furcht das Ding irgendwo verloren zu haben, aufgezogen ist und die Nervosität sich kontinuierlich steigerte, fündig wird. Endlich kommt es zum Vorschein, das Objekt ihrer Verachtung, das Objekt ihrer Abneigung. Oft fühlt sie sich als eine in der Zeit Verlorene, als eine nicht in diese Epoche Passende, Nicht-passen-Wollende. Von Brieftauben träumt sie ebenso wie vom Telegraphieren, jedoch vermag sie diese Kommunikationswege nicht zu nützen, wenn ein Jemand über solche Wege ihr Zeitgeschehen tatsächlich tangiert.

Am Handydisplay ruft sie die Favoriten, unter denen sie Klara Fromm zusätzlich zum normalen Kontakt abgespeichert hat, auf. Das Reden mit der vertrauten Freundin wäre ihr jetzt lieb, wäre, tragisch formuliert, heilsam. An Klara findet sie das, was ihr fehlt, die Erdung als Frau, die strukturierte Geordnetheit. Sie gleicht Annas Defizite aus, aber viel mehr noch ist es, was die beiden tief, manchmal abgrundtief verbindet. Der Anruf landet nicht in der Box, sondern nimmt ihn die Angewählte nach zweimaligem Läuten entgegen. »Hallo Anna«, begrüßt die Vertraute sie. Die kommt sogleich, ohne Umschweife, zum Grund ihres Anrufens, zumal ihr dringend daran gelegen ist zu klären, ob Klara heute noch Zeit für sie finden kann. »Hallo. Ich muss mit dir reden. Kannst du dir heute vielleicht noch eine Stunde für mich stehlen?«

»Ich bin im ›Helsing‹«, gibt sie zurück. »Jetzt geht's nicht bei mir, aber ich kann gegen 17:00 Uhr bei dir zuhause sein. Ich bin nämlich in deiner Gegend. Bist du dort? Passt dir das?«, informiert fragend die Weggefährtin.

Weil es passt, gilt der Besuch als abgemacht, beide freuen sich darauf. Aufgrund der aktuell gegebenen Mehrfachbeschäftigung, aus der Klaras starke zeitliche Auslastung resultiert, haben sich die beiden außerdem vier bis fünf Wochen schon nicht gesehen. Wenn Klara sich in ihrer Wohngegend aufhält, dann, sie weiß es, höchstwahrscheinlich um Golf zu spielen. Beim Gedanken an dieses Spiel, bei dem man stundenlang, bepackt mit Wägen, die man vor sich herschiebt oder hinter sich herschleppt, einen kleinen Ball zum Lebenszentrum macht, lächelt sie ebenso amüsiert wie spöttisch. Sie jedenfalls kann dieser Betätigung nichts abgewinnen. Sie genießt die Suppe, die während des Telefonats herbeigebracht wurde, ordert beim wieder vorbeieilenden Kellner Brötchen, die sie sich einpacken lässt, ebenso Petits Fours. Mit den eigenen Küchenkünsten ist es nicht weit her, was sie vor Jahren schon endgültig akzeptiert hat, weshalb es kein Probieren dazu mehr gibt, wo doch jeder einzelne Versuch, wahrhaftig jeder, kläglich gescheitert war. Sie versucht sich nur noch als Küchengehilfin.

Die Suppe ist ausgelöffelt, als der Kellner das Verlangte am Tisch abliefert; perfektes Timing also, sie zahlt und geht.

Klara Fromm findet sich wie angekündigt im Haus der Freundin ein. Auf dem Couchtisch sind, nett angerichtet, die aufgelegten Brötchen abgestellt. Daneben stehen zwei größenmäßig passende Teller, Wein- und Wassergläser, der dekantierte Rotwein, ein Wasserkrug, zudem liegt ein Stapel Servietten verwendungsbereit. Wie üblich setzen sich die Vertrauten einander zugewandt jeweils an ein Ende des Zweiersofas; dass Distanz nicht zwischen ihnen herrscht, zeigt sich auch hier, in dieser Platznahme, in diesem Beieinander.

»Jamnik hat mich gestern angerufen. Er hat mir die

Hauptrolle in einer neuen Produktion angeboten. Ich habe heute den Vertrag unterschrieben«, berichtet Anna Brehm.

»Das gibt es nicht«, entfährt es der Zuhörerin, »auf dich wäre ich wirklich nicht gekommen, als er uns sagte, die Besetzung der Hauptrolle würde uns sicher überraschen.«

»Es weiß also noch keiner der anderen, dass man das Vergnügen mit mir haben wird«, stellt Anna Brehm fest. Dann, nach einer kurzen Pause, bringt sie es hervor, das, worüber sie eigentlich mit der treuen Weggefährtin reden will. »Er hat mir nichts gesagt«, informiert sie, »Hofmann hat mir nichts über diese Spielfreigabe an Jamnik und das Haus gesagt. Nicht ein einziges Wort hat er darüber verloren.« Nach einem Innehalten, das sie zur Klärung ihrer Gefühle verwenden möchte, spricht sie schließlich, im Wissen nichts geklärt zu haben, weiter. Gerade weil sie ohne Erkenntnis geblieben ist, redet es sich leicht; deshalb wahrscheinlich, weil das Formulierte unbereinigt von allem Möglichen aus ihr hervortritt und damit ihr und ihrem Gegenüber alles möglich macht, alles offenlässt.

Sie wisse, bei allem Verständnis um Hofmanns Eigentümlichkeit, Absonderlichkeit, wirklich nicht, wie sie das jetzt finden solle. Wie solle sie das denn bitte deuten? Als eine vorsätzliche, gar vielleicht absichtliche Demütigung ihrer Person? Oder brauche sie das bloß als Provokation zu werten? Sei ihr Dummdastehen vor Jamnik vielleicht allein auf Hofmanns Hirnlosigkeit zurückzuführen, die sich zeitweilig aus seiner unglaublichen, unsäglichen Selbstverliebtheit ergebe?

»Ach, er ist selbstverliebt?«, unterbricht Klara Fromm den Vortrag in Absicht und Hoffnung, die sich mit jeder Frage steigernde Empörung Brehms einzubremsen.

»Natürlich ist er das, und nicht eben wenig«, nimmt die Unterbrochene das Wort wieder auf. »Aber warum hat er das getan? Warum hat er mir nichts gesagt? Hast du eine Erklärung dafür? Du bist immerhin mit ihm befreundet.«

»Und du nicht, du bist nicht mit ihm befreundet?«, gibt die Befragte zurück.

»Offenbar nicht!«, schreit Anna Brehm, dann lässt sie das aufkommende Gelächter hereinbrechen. Dieses Lachen der beiden Frauen lässt eine Vorstellung davon aufkommen, wie sie als Mädchen gewesen sind ... – Unbeschwertheit greift um sich, eine, wie man sie dann haben kann, wenn man barfuß den Sandstrand an der Rückzugslinie der See entlanggeht. Wenn man also wandelt oder verweilt, dort wo die Meeresbewegung weitestmöglich ans Ufer vordringt, um sich dann doch sofort wieder zurückzuziehen in die Wasserwelt.

Hinein in diese Unbeschwertheit mutmaßt Klara Fromm über das beanstandete Schweigen des Schriftstellers. *Nach ihrer Meinung habe Hofmann sich schlichtweg nicht in Annas berufliche Angelegenheiten mischen wollen. Bestimmt habe er sie keinesfalls mit dieser Information belasten, sondern ihr den größtmöglichen Handlungsspielraum belassen wollen. Durch die Uninformiertheit habe sie gleichermaßen unbeeinflusst wie spontan agieren können.*

»Derart habe ich das bisher nicht gesehen«, wirft Brehm mehr zu sich selbst als an die Intima gerichtet ein. Die Einschätzungen der Lebensverbündeten sind ihr wichtig, zumal sie sich der Aufrichtigkeit derselben gewiss sein kann. Seit mehr als zwanzig Jahren beweist man einander Loyalität in allen möglichen wie unmöglichen Lebenslagen, doch ist es noch sehr viel mehr als das, was sie verbindet.

Sie solle sich doch auch vorstellen, redet Fromm weiter, *wie sie gehandelt hätte, wenn sie informiert gewesen wäre. Höchstwahrscheinlich, wie sie Anna kenne, hätte diese sich den Kopf ewig lange zerbrochen, um dann auf ein für sie wenig günstiges Resultat zu kommen. Auf Grundlage dessen hätte sie dann ihre Handlung vorgenommen. Anna habe, wenn man ihr ein gewisses Maß an Bedenkzeit zugesteht, nun einmal den Hang, sich selbst gegenüber nur wenig bis gar nicht wohlwollend zu sein. Bei ihr würde diesbezüglich sozusagen das Gegenteil von »speed kills« zutreffen.*

»Slowness kills«, kreischen, unter Lachen, beide gleichzeitig los, wobei Klara Fromm mit theatralischer Geste den Arm ausstreckt, um den Zeigefinger auf ihr Sitzgegenüber zu richten. Jetzt sind sie da, die beiden Mädchen, aus denen diese beiden Frauen wurden …

»Bin ich wirklich manchmal so mühsam?«, will Anna Brehm wissen. Für diese Frage verwendet sie einen Tonfall, von dem sie instinktiv weiß, dass jedermann ihr das Gewünschte gesagt hätte – allein die Kameradin ist unempfänglich für solche Manipulationen. Sie leistet sich die Wahrheit, die sie, in der Hoffnung auf liebevollen Schlagabtausch, überspitzt formuliert:

»Was heißt ›manchmal‹? Anna, du bist immer mühsam. Total.« Sie greift nach Anna Brehms Erdhand, drückt diese liebevoll zweimal, lässt sie dann sanft wieder entgleiten und sagt zärtlich: »Und ich mag das. Ich mag das, weil es zu dir gehört, weil es dich mit ausmacht.«

Nun rückt Anna Brehm ganz nah an die vertraute Wegbegleiterin heran, man spürt sich, man fühlt sich. Was auch immer heute Abend, heute Nacht vielleicht noch zu besprechen ist, zu sagen ist – jetzt ist die Zeit des Innehaltens, die Zeit des schönen Schweigens …

Gegen etwa 1:00 Uhr morgens verabschieden sich die Freundinnen voneinander. Ein Übernachten kommt für Klara Fromm aufgrund eines früh angesetzten Drehtermins nicht in Frage. Daher bricht sie, ungern zwar, auf in die heimatliche Stadt, wo sie sich um 6:30 Uhr in ihrem Lieblingskaffeehaus mit dem Produktionsleiter, etwas später mit dem gesamten Team am Originalschauplatz treffen wird. Die Verabschiedung ist herzlich, zugleich sentimental, denn konnten die beiden Frauen in den vergangenen Stunden ihre gegenseitige Zuneigung intensiv erleben. Zeit und Raum hatten sich so günstig ineinander verwoben, dass ausreichend Platz für das *Fühlen* von Empfindungen vorhanden war. Gerne wären sie nebeneinanderliegend durch die Stunden dieser Nacht gekommen, so eben, wie sie es früher selten, jedoch regelmäßig gemacht hatten.

Das Stück hat Anna Brehm drei Tage später zur Gänze gelesen. Sofort hat sie Zugang zu diesem Drama gefunden; gewissermaßen ist sie ganz in dessen Welt eingestiegen. Einige der anderen Figuren findet sie schauspielerisch hochinteressant, ihre Rolle sieht sie als enorme

Herausforderung, vielmehr aber noch als Geschenk. Nach einer solchen Rolle hat sie sich ihr halbes Schauspielerleben lang gesehnt; jetzt ist sie da und bäumt sich so mächtig schön vor ihr auf, macht Angst vor dem Scheitern. Die gefühlte Rollenimposanz wirft *den* langen Schatten über Anna Brehm, mit dem Panikattacken einhergehen. Herzschläge lauern ihr auf im Hinterhalt, um irgendwann unerwartet auf sie einprügeln zu können.

Mit dem Einlernen des Textes wird sie, das hat sie vor, noch an diesem Tag beginnen. Perfekte Textbeherrschung ist aus ihrer Sicht die Grundlage für ein perfektes Spielen; nur wenn sie den Text zu jeder Zeit lückenlos abrufbar bereit hat, kann sie sich ganz der Figur, die sie zu verkörpern hat, hingeben, kann sie mit dieser Figur verschmelzen und somit dieser Authentizität verleihen. Was es wann zu sagen gilt, das mindestens muss ein jeder Schauspieler auf der Bühne oder vor der Kamera wissen. Hier kennt sie kein Pardon, weder sich selbst noch anderen gegenüber. Hier wird die ansonsten grundsätzlich Harmoniebedürftige angriffig, hier fordert sie heraus zu verbalen Duellen, hier wird sie zur Klischeediva.

Sie erarbeitet sich den Text überwiegend in ihrem Arbeitszimmer, wo sie sich zu diesem Zwecke regelmäßig auf dem schlichten, nicht aber puristisch gestalteten Lehnstuhl niederlässt. Dieses schwarze, aus Ebenholz gefertigte, mattglänzende Möbelstück berührt auf eigentümliche Art und Weise *irgendetwas* in ihr. Die leicht gepolsterte Sitzfläche ist mit farbidentem Kunstleder bespannt, in gleicher Weise sind auch Teile der Rückenlehne und der Armlehnen ausgeführt. Die bloß implizite, wohl dosierte Bequemlichkeit dieses Sessels ist es, was sie an diesem Gegenstand so schätzt. Auch ergötzt sie die, wie sie findet, Anmut dieses Stuhls, dessen vier Beinenden banderolenartig exakt fünf Zentimeter hoch mit einem Anstrich in Goldfarbe verziert sind.

Immer wenn sie sich erstmals an einem Tag ebendort niederlässt, *immer* wenn sie das erstmals tut, denkt sie an die Zeilen aus dem Märchen: weiß wie Schnee, rot wie Blut, schwarz wie Ebenholz. Ihre Psychoanalytikerin sieht darin Brehms Angst vor Neid und Missgunst, insbesondere aus Theaterkreisen, ausgedrückt. Eine tiefsitzende Bangnis vor dem Weiblichen in diesem Kunstuniversum sowie die generelle Sorge, dass die Männer als Zwerge, Prinzen und Jäger sie nicht bewahren können vor der Annahme von Gaben, die sie regelmäßig, gegen ihre innere Überzeugung dafür zu minder zu sein, annimmt, annehmen muss. Nach weiterer Interpretation der professionell Seelenkundigen fühlt sie ihren Beruf als ihren gläsernen Sarg, in dem sie dann wieder zum Leben findet, wenn das Schicksal die anderen um sie herum in die richtige Bewegung bringt. Nur durch deren Gang, Lauf oder Schritt wird auch sie schließlich aktiv, davor ist sie in tiefschlafähnlicher Weise passiv.

Anna Brehm selbst kann den auf Interpretationen basierenden Thesen ihrer Analytikerin nichts abgewinnen; absolut nichts davon findet ihre Zustimmung, vielmehr erkennt und empfindet sie sich selbst als personifizierte Antithese. Zwei Gründe sind es, weswegen sie immer noch festhält an dieser Psychoanalyse. Zum einen nämlich redet sie, die Introvertierte, nirgendwo sonst so unbefangen über sich, wie sie es in diesem Verfahren gegenüber der Fachfrau für verborgene Innenwelten zu tun vermag, zum anderen ist ihr das Reden über sich selbst im Zuge der Psychoanalyse wirklich lieb geworden. Niemandem gegenüber würde sie das solcherart deutlich bekennen, zumal sie es sich selbst nur mit Überwindung eingestehen kann. Ja, sie hat schon etwas an sich, was es wert macht, sich mit ihr zu befassen. Erstmals in der Psychoanalyse konnte sie zu einer solchen Feststellung finden, und erstmals konnte sie damit die wenigen verstehen, die ihrer Person tatsächlich mittels eines »Sich-ernsthaft-mit-ihr-Auseinandersetzens«   nahekommen wollen. Erstmals dort spürte sie so etwas wie Selbstliebe aufkommen, was Gregor Hofmann und Klara Fromm, denen sie verhalten, eigentlich nur andeutungsweise, davon erzählte, zur Erheiterung aller drei als aufkeimenden Narzissmus weissagten, der dann, in einem anderen Seelenheilverfahren, wieder auf ein gesundes Maß der Selbstverliebtheit gebracht werden müsse.

Klara Fromm war es übrigens, die ihr den von Brehm so genannten »Textstuhl« zum 48. Geburtstag geschenkt hatte; der Schriftsteller war es, der in Abstimmung mit der gemeinsamen Freundin am gleichen Tag die Blumenvase an sie überreichte, die im Design perfekt harmoniert. Dieses Ensemble hat für Anna Brehm große Bedeutung, weshalb sie in ritueller Weise stets darauf achtet, dass eine weiße langstielige Rose unübersehbar aus der Vase ragt. Mit einem solchen Inhalt hatte Gregor Hofmann ihr Geburtstagsgeschenk damals ausgestattet, und eben daher will sie dieses »Damals« stets in ihrer

Gegenwart haben. Getrocknete langstielige weiße Rosen hat Anna Brehm mittlerweile in großer Zahl. Diese sind in anderen Vasen an unterschiedlichen Stellen ihres Hauses verteilt.

Oft geht Anna Brehm nach dem Textstudieren dann hinaus in den Garten, der ihr Refugium ist, in dem sie sich völlig sicher fühlt. Dieser von ihr innig geliebte Grünraum ist der Platz, an dem ihr das Ausgeliefertsein ans Leben niemals in den Sinn kommt; auch ist es der Platz, an dem das Ausgeliefertsein an den Tod ihre Gedanken nicht berühren kann. Hier an diesem Platz ist sie ihrer Mitte greifbar nahe, ist sie jedenfalls in einem Zeitvakuum. Als Landhausgarten nach englischem Vorbild hat sie diesen zauberhaften, vielleicht tatsächlich auch verzauberten Zufluchtsort kreiert. Nur weniges hat sie dabei allein der Regie der Natur überlassen, nymphenhaft hat sie mit der Natur zusammengearbeitet. Niemals hat sie grundsätzlich versucht gegen die Pane, Elfen, Faune zu agieren. Dank ihrer Begabung kann sich in ihrem Garten alles ohne Nötigung fügen.

Ihr Erfolg als Darstellungskünstlerin ist manifestiert in dieser Immobilie, in dieser Lebensrealität. In dieser kleinen Welt also bringt die Künstlerin ihr Instrument, nämlich ihren gesamten Körper, auf Hoch-, oft sogar auf Höchstleistung. Immer aber strebt sie, die Brehm, Perfektion an, weshalb sie sich letzten Endes immer gescheitert fühlt, sich Anna Brehm jedenfalls immer gescheitert fühlt.

Während die Brehm dieser Tage daran ist, ihr Rollenverständnis dank der mittlerweile stark fortgeschrittenen Textbeherrschung mehr und mehr, bis ins kleinste Detail, zu schärfen, nützt auch Robert Jamnik die Zeit. Noch vor dem ersten Zusammentreffen will er seine Vorstellungen zu den Rollen mit den einzelnen Schauspielern besprechen. Das Produktionsensemble hat er beinahe vollständig greifbar; er scheut sich nicht davor, die Darsteller zu sich zu zitieren, denn schließlich ist er der Direktor. Brehm, seinetwegen, soll die Wochen bis zur terminfixierten ersten Produktionsbesprechung mit ihren Interpretationsillusionen experimentieren; wenn diese nicht mit seinen Vorstellungen harmonisierbar sind, wird er sie schon gefügig machen … – Nun aber gilt es, sich mit den fünf anderen auf ein tragfähiges gemeinsames Verständnis über die jeweilige Verkörperung zu einigen. Nicht scheut er sich davor, ein autoritäres Regime zu führen, jedoch ist auch er selbst ganz Künstler, weshalb er die Freiheit so lange jedenfalls beschwört, solange sie nichts parat hat, das ihm unziemlich erscheint … Als Inszenierender setzt der sonst Cholerische, der verbal viel zu oft, als dass man es ihm nachsehen könnte, Gewalttätige, auf Überzeugungsarbeit. Hier versteht er sich als Coach, der Denkanstöße gibt, anhand derer sein Team aus eigenem Antrieb heraus dorthin gelangen kann, wo er es haben will. Nur in letzter Konsequenz tritt er, wenn das für seine Zielerreichung unausweichlich ist, als Diktator auf …

Seiner Einschätzung nach müsste Angelika Poschalko ihren Text bereits großteils gelernt haben; über die Rolle könnte man sich demzufolge bereits mit ihr austauschen. Anderer Produktionen wegen, an denen die Schauspielerin mitwirkt, ist sie zur Stunde im Haus. Über seine Assistenz ersucht er sie daher, nach ihrem heutigen Freiwerden, um einen Besuch in seinem Büro. Ein Treffen in der Kantine, das ihm selbst angenehmer wäre, schlägt er aufgrund der zufälligen Kenntnis ihrer Abneigung gegen diese Stätte nicht vor. »Nicht einmal angenehm saufen lässt sich's dort«, hat er sie einmal sagen gehört. Poschalkos zeitweilig aufkommender trockener Humor ist Legende.

Die Schauspielerin braucht ein bestimmtes Maß an Unordnung in ihrem Umfeld, andernfalls, das weiß er von seiner Vorgängerin, tendiert ihr Verhalten ins Zwanghafte; dann nämlich ist sie nur mehr darauf bedacht, Gewirr anzurichten. Liegt dazu nichts Verwertbares in greifbarer Nähe, weiß sich Poschalko zu behelfen, indem sie eine Handvoll Bonbons aus einer ihrer Hosentaschen zu Tage fördert. Die in knallbuntes Seidenpapier farbunterschiedlich eingehüllten Süßigkeiten legt sie vor sich auf den Tisch, beginnt sodann mit dem Enthüllen des ersten Stücks, das sie sich, nach dessen Freilegung, genussvoll langsam in den Mund steckt. Ihre Enthüllungen setzt sie so lange fort, bis alle verbliebenen Drops entkleidet sind. Die verpackungsbefreiten Naschwerke und der bunte Papierhaufen, der sich unübersehbar neben den willkürlich verstreuten Süßigkeiten auftürmt, bezeugen das von Poschalko angestrebte Maß der Unordnung, mit dem sie zufrieden ist. Sie strebt nicht nach völligem Durcheinander, weshalb sie den Naturwissenschaftlern rätselhaft ist.

Jamnik hat diesen Bericht nicht hinterfragt, zumal es in der Welt des Theaters nicht eine Marotte gibt, die ihn überraschen könnte. Aus diesem Grunde verteilt er die Seiten der großformatigen Zeitung, durch die er gerne blättert, auf einer Hälfte des riesigen Schreibtisches. Die Ausgabe vom Vortag hat er, entgegen seiner sonstigen Gepflogenheit, nicht mehr aktuelle Blätter umgehend zu entsorgen, aufgrund eines bestimmten Artikels, zu dem er Stellung nehmen möchte, noch bei sich belassen. Mit einigem Schwung wirft er sie auf den Tisch, um sie an der Stelle ihres Aufkommens einfach liegen zu lassen. Die angebrochene Tüte Erdnüsse lässt er, indem er ihr einen deutlichen Stoß versetzt, dort absichtlich umkippen, wodurch sich ein Teil des Inhalts, vor der ledernen Unterlage, über die polierte Tischplatte verstreut. Mehr Unordnung erträgt er zur Stunde nicht. Sein Sinn für Ordnung ist ausgeprägt, trotzdem er den Grad der Aufgeräumtheit nach dem Zweck der Räumlichkeiten und Stätten variiert, in denen er agiert. Die Dinge in seinem Büro müssen an den Stellen platziert sein, die er ihnen zugedacht hat; nichts ist beiläufig abgelegt, abgestellt. Augenscheinliche Zufälligkeiten sind willentlich herbeigeführt, denn Lebensraum versteht er als Bühne, auf der er seine jeweilige Lebenswirklichkeit inszeniert. Ein großflächiger Wandel seiner Gefühlslagen lässt ihn Veränderungen am Gegenständlichen vornehmen, um diesen auch im Umfeld sichtbar zum Ausdruck zu bringen. Das Ende seiner Liebschaften, so wird gemunkelt, ist ihm stets teuer gekommen …

In der Absicht, ein Statement zum besagten, in der

gestrigen Zeitung abgedruckten Artikel zu formulieren, setzt er sich an den Tisch. Wenn er die richtigen Worte gefunden hat, wird er sie anrufen, die Redakteurin, wird er sie zur Überzeugung nötigen. Endlich findet er den Anfang, findet die ersten zwei Sätze für seine Replik. Damit findet er auch hinein in die Arroganz, die er oft der Presse gegenüber, zeitweilig auch dem Publikum gegenüber, an den Tag legt. Hinein in dieses »Gestimmtsein« ihres Direktors kommt nun Angelika Poschalko, die flotten Schritts zielgerade auf ihn zugeht. Ein Klopfen hat sie unterlassen, zumal ein solches ohnehin nur dann in diesem Raum zu hören ist, wenn man sich im Nahbereich der gepolsterten Türe aufhält.

»Du wolltest was von mir,« sagt die beim imposanten Möbelstück angekommene Schauspielerin zu Jamnik, der in leicht seitlicher Haltung in seinem schwarzen, ergonomisch angeblich perfekt geformten Bürosessel lehnt. Den Rücken hat er mit einigem Druck an die seltsam gestaltete Stütze gepresst, daher und weil der Stuhl zurzeit dahingehend widerstandsnachgiebig eingestellt ist, neigt die Lehne sich merklich nach hinten, was eine leger anmutende Sitzhaltung bewirkt.

»Ich nehme an, du hast deinen Text bereits gelernt, daher möchte ich mit dir über die Rolle reden«, gibt Jamnik zurück. Wo immer es möglich ist, kommen beide sofort auf den Punkt, die Schauspielerin allerdings missachtet die Gebote der Höflichkeit dabei nicht so grundsätzlich wie ihr momentanes Gesprächsgegenüber das tut. Im barschen Umgang mit dem Hausherrn spiegelt sie, ihrer Meinung nach, lediglich dessen Verhalten wider. Während sie sich, weder gebeten noch dazu aufgefordert, auf einen der drei unmittelbar vor dem hochglanzpolierten Schreibtisch aufgereihten Besucherstühle, nämlich dem mittigen, setzt, bejaht sie ihre Textkenntnis.

Sie würde, so erklärt sie, *ihr Skript bereits einigermaßen intus haben. Nicht aber habe sie bisher eine Idee dazu, wie sie ihre Figur anlegen solle. Diese Frau ist ihr komplett fremd geblieben, gerne würde sie daher Jamniks dahingehende Überlegungen zu hören bekommen.* Damit bringt sie Jamnik in einen Zwiespalt. Denn er, und niemals ist er hier uneindeutig gewesen, setzt Charakterkreativität bei jedem Darstellungskünstler als selbstverständlich, ja vielmehr noch naturgemäß voraus; andererseits ächtet er sie dann als Firlefanz, wenn sie ein fundamentales Pendant zu seinem Rollenverständnis hervorbringt und wohlwollende Auseinandersetzung auf Augenhöhe geboten wäre. Aus diesem Zwiespalt heraus reagiert er ungehalten, tadelt Poschalko mit folgenden Worten: »Was? – Wir sind fünf Tage vor der Produktionserstbesprechung und du siehst keine einzige Möglichkeit für deine Figur?! Angelika – das kann nicht dein Ernst sein! Du bist Schauspielerin, hallo!« Und um diese Brüskierung der einen gleich auch auf die anderen auszudehnen, fügt er, nach einer Pause, in gezielt abschätzigem Ton hinzu: »Pff. Das kann es nur in Wien geben, das kann es nur in den Hallen dieses verlotterten Staatstheaters in diesem Land der Ewiggestrigen geben.«

Nein, auf solchem Niveau verfährt die Mimin nicht, sie schlägt anderswo zurück. Gelerntes, Studiertes, Talent, kurz Können, werden angewendet, weshalb sie alles, insbesondere sich selbst, so belässt wie es ist, um gerade damit eine Veränderung herbeizuführen. Also sitzt sie einfach da, wortlos, bewegungslos, ausdruckslos. Die Situation, das spürt der Direktor, ist ungünstig für sein Vorhaben der Rolleninterpretation, der Rollenfestlegung. Was zu tun ist, weiß er nicht; er kann schlecht umgehen mit Befindlichkeiten, die ihm nicht passen, nicht kann er umgehen mit Befindlichkeiten, die er selbst durch seine Art von Flegelhaftigkeit hervorgerufen hat. Er hat ihn verursacht, diesen Zustand der Angelika Poschalko, die nichts tut, nur sitzt – ausdruckslos, bewegungslos, wortlos. Ihre Passivität macht ihn von Minute zu Minute unruhiger. Seine Augen suchen erfolgreich den direkten Blickkontakt, aber kurz nur vermag er den zu halten. Daher lässt er die Augen durch den Raum wandern und versucht sich erneut darin, dem Schauen seines Gegenübers, das er abermals in direkter Weise gesucht hat, nicht zu weichen. Über die Kürze kommt er nicht hinaus, abermals findet er nicht hinein ins Dauerhafte. Einmal noch will er sich messen, einmal noch schaut er frontal der Mimin in die Augen, nichtsdestotrotz fängt sie auch diesmal seine Aggression ab. Ihre Augen haben die seinen auch jetzt erwartet. Wie unerwartet auftauchende Barrikaden, die ein »Halt« erzwingen, sind sie da, lassen ihn hart anprallen, wehren ihn ab mit der subtilen Macht und der erschreckenden Gewaltigkeit gerechtfertigter Verteidigung.

»Angelika«, schreit er sie an, »Angelika!« Weil ihm nichts anderes sonst einfällt, plärrt er, der angeblich so Kreative, den Namen seiner stillen Widersacherin.

»Du, ich bin bereit. Du kannst mir dein Rollenverständnis bitte gerne darlegen. Ich bin bereit zum Dialog, allerdings, wenn du dich weiterhin nur echauffieren
willst, muss es beim Monolog bleiben«, antwortet die
Angeschriene.

»Also gut. Kommen wir zum Eigentlichen. Du hast
wirklich so gar keine Ahnung, wie du die Frau ange-
legen könntest?«, gibt Jamnik zurück. – Damit ist ein
Hinauslaufen dieser Unterredung auf Eskalation nicht
mehr unausweichlich. *Nein*, führt die Schauspielerin
aus, *wie schon gesagt habe sie bis jetzt jedenfalls dazu noch
keine Idee. Natürlich, das wisse sie selbst, könne die Kinderfreundin nicht bloß am Zuhören, Kommentieren des
Gehörten und Ratgeben aufgezogen werden.*

»Keine bloße Gutmeinerin, meinst du«, stellt er fragend fest.

»Doch, schon. Sehr wohl eine Gutmeinerin«, gibt sie
zurück. »Aber eine, die damit irgendetwas ganz Eigen-
nütziges verfolgt.«

»Hast du eine Idee? Das hört sich schon so an, als ob
du eine Idee hast. Raus damit also! Schauen wir uns an,
was du so meinst«, fordert er sie auf.

Doch nein, *sie habe keine Idee; keine jedenfalls, für die
sie Worte finden könne,* teilt Poschalko mit. Die Aussage
signalisiert dem Regisseur etwas. Nämlich weist sie auf
zumindest unbewusste Erkenntnisse der Künstlerin hin,
die es für ihn nun gilt freizulegen, um sie schließlich
in mehr oder weniger manipulierter Weise dann verwenden zu können, wenn sie ihm opportun erscheinen.
Als Regisseur, als Inszenierender ist er nicht völlig frei

von Empathie; als derart Kreativer hat er regelmäßig ein Gespür für seine Künstler. Viermal, das ist allgemein bekannt, ist Angelika Poschalko bisher mit der Ehe gescheitert, sie hat die Tatsache der Trennung stets aktiv formuliert, immer allerdings bloß mit dem Ziel, damit Gerüchte und Spekulationen nicht aufkommen zu lassen. In die Klatschblätter hat ihr Privatleben daher keinen Einzug gefunden; in der Boulevardgesellschaft ist sie stets Randfigur geblieben. Er selbst hat keine Ehen aufzubieten, immerhin aber drei Partnerschaften, die mit juristischem, außerdem medialem Getöse nachhaltig gescheitert sind. Daraus hat er nichts zwar gelernt, nur die Erkenntnis dessen, was für Frauen nach wiederholtem Beziehungsversagen mit Männern möglich wird, ist ihm widerfahren ... Aus diesem Grunde versucht er sein Gegenüber mit Fragen zu führen, dorthin nämlich zu führen, wo sich diese Möglichkeiten auch für die Künstlerin theoretisch eröffnen können. *Sie sei,* daran erinnert er sie nun, *mehrmals verheiratet gewesen. Habe sie sich denn nicht mit jedem Beziehungsscheitern als Frau generell unverstanden gefühlt von den Männern? Seine Frauen,* das eröffnet er ihr, *hätten allesamt vermeint, gleichermaßen an seinem archetypischen Mannsein wie an seinem individuellen Menschsein untergegangen zu sein. Würde es sie da nicht vielleicht auch, wie eben andere, beim nächsten Beziehungsversuch, zu einer Frau hinziehen? Würde sie da nicht als Frau Sehnsucht nach der Frau bekommen können? Würde sie da nicht der wahnsinnigen Illusion, von Frauen grundsätzlich verstanden zu werden, anheimfallen können?*
Nein. Eine solche Sehnsucht würde sie ganz sicher nicht

haben, lässt Angelika Poschalko wissen. *Solchen Illusionen würde sie nicht verfallen sein, in solche hinein würde sie nicht taumeln. Aus gesicherten Quellen sowie empirischer Beobachtung wisse sie vielmehr, eine Liebe von Frau zu Frau sei ungleich schwieriger noch durch den Alltag zu bringen als die Liebe zum Mann es wäre; sei ungleich schwieriger noch im Alltag aufrechtzuerhalten. Der Grund dafür wäre eben die abstrakte Ähnlichkeit, die hierbei zum konkreten Fluch werden würde. Und doch, sie meine zu wissen, worauf er hinauswollen könnte. – Eine Möglichkeit nämlich der Rolleninterpretation habe sie dank seiner derartigen Rederei in den Sinn bekommen. – Was würde er davon halten, wenn sie die Kinderfreundin zu einer machen würde, die die Liebe seit jeher zur Freundin, also zur Hauptrolle, jetzt erstmals in sich selbst erkennen würde? Sich diese aber sowie die damit einhergehenden emotionalen Begehrlichkeiten jedoch nicht eingestehen wolle.*

»Angelika, das kann ich mir recht gut vorstellen. Leg die Rolle jetzt einmal so an, alles andere wird sich im Laufe der Produktion, überhaupt bei den Proben ergeben«, antwortet er. Beide haben sie ein Erfolgserlebnis; beide spüren in diesem Erleben die Abneigung gegen den anderen sich mindern, sich hinzutransformieren wiederum zur Neutralität, die zwischen diesen beiden grundsätzlich weniger instabil ist, als sie es zwischen Jamnik und einer Mehrheit seiner Teammitglieder ist. Befreit vom negativen Stimmungsballast reden sie nun über andere Themen. Das allerdings währt nicht lange, zumal der Direktor nach einem entgegengenommenen Anruf auf seinem Handy, ohne weiteres sonst, aus dem

Büro stürzt. Die für ihn typische Lederjacke hat er dabei mitgenommen; die Schauspielerin hat er sitzengelassen.

Etwa eine Stunde später trifft Jamnik in der Theaterkantine ein. Die zwischenzeitlich stattgefundene Auseinandersetzung mit einem maßgeblichen Sponsor war unerfreulich. – Er ist Künstler, wieso, das fragt er sich daher, muss er mit einem Unternehmer diskutieren. Wieso muss er sich in überausführlicher Weise das Kunstverständnis, obendrein das aus seiner Sicht fragwürdige Kunstverständnis eines Geschäftsmannes nahebringen lassen? An der Theke ordert er Gin Tonic, da er nicht vorhat, sich hier lange aufzuhalten, will er es im Stehen konsumieren. Danach möchte er rasch zurück ins Büro, um ebendort seine begonnene Stellungnahme fortzusetzen. Während die Wirtin das Getränk zubereitet, dreht er sich um; damit kann sein Blick durch den Raum schweifen, damit kann er Ausschau halten nach Schauspielern. Der Zufall kommt ihm entgegen, denn entdeckt er Bill Hansen an einem Tisch mit Johannes Malfada sitzend. Mit dabei ist noch ein Dritter, ein Statist, wie er vermeint. Noch im Vorjahr ist er mit den Statisten in Berührung gekommen, gleichfalls ein Bereich, der, seiner Meinung nach, aufgeräumt werden müsse. Nicht aber kann er sich um jedes Detail kümmern, denn schließlich will er das Haus künstlerisch neu positionieren, womit er ohnehin alle Hände voll zu tun hat. Gut, die Gunst der Stunde wird er nützen, das Glas in der Hand geht er auf den Tisch, an dem zwei sitzen, die er zur Stunde gut brauchen kann, zu, und vom Dritten ebendort wird er sich nicht stören lassen. Die Möglichkeit des Unerwünschtseins seiner Person kommt ihm nicht in den Sinn, zu übermächtig groß dafür ist sein Selbstbewusstsein, zu verschwindend gering sind dafür seine empathischen Fähigkeiten.

Auch diesmal zieht seine Präsenz nicht ruhig auf, laut und plötzlich bricht sie über die am Tisch Sitzenden herein. Nicht nur ist er mit Wucht gegen den freien Sessel am kurzen Tischende gestoßen, wodurch aufgrund des kakophonen Zusammenspiels zwischen Stuhlbeinen und Kantinenboden ein ebenso lautes wie unangenehmes Quietschgeräusch entstanden ist, das einen Großteil des Gastraumes durchdringt, auch lässt er sich mit Wucht unaufgefordert auf jenem Stuhl nieder. »Habt ihr kurz ein paar Minuten? Ich will mit euch über die neue Produktion reden«, antwortet er auf die fragenden Blicke, die sich ihm entgegenrichten. Alle drei, Schauspieler wie Statist, haben einen Teller mit dem heutigen Tagesmenü darauf vor sich stehen. Die Essenshandlungen haben sie wegen Jamniks Erscheinungsradau reflexartig unterbrochen. Die angehaltene Nahrungsaufnahme hat insofern etwas Skurriles an sich, als alle drei ihre Semmelknödel, zudem die beigegebene Schwammerlsauce in etwa gleich weit sowie in sehr ähnlicher Weise verspeist haben, wodurch ein synchroner Eindruck besteht. Die Haltung der Essbestecke, die in den pausierenden Händen liegen, die jeweils rechts eines jeden Tellers stehenden, halbgeleerten Biergläser und die dem Direktor zugewandten Gesichter der drei am Tisch Sitzenden verstärken diesen Eindruck zusätzlich.

»Dich betrifft es nicht, aber du kannst sitzen bleiben«,

fügt Jamnik, solcherart an den Statisten gewendet hinzu, dass er sich angesprochen fühlen muss. »Was ist mit der Produktion?«, fragt Malfada. Solange, das weiß er, Hansen und er noch am Essen sind jedenfalls, können sie sich dem Hausherrn nicht verweigern. Wie auch die beiden anderen isst er ab nun weiter; der zeitgleiche Einsatz erstreckt sich solcherart auf Jamnik, als der in diesem Augenblick mitzuteilen beginnt, was konkret er von den beiden Schauspielern will. *Er wolle über das Rollenverständnis reden. Wie würden Malfada und Hansen ihre Figuren denn zu interpretieren gedenken. Wie würden sie die jeweiligen Charaktere planen? Was denn wären die Absichten der beiden?* Während Hansen seine Haltung nicht verändert, nach wie vor bleibt er dem Teller zugewandt, hält Malfada inne. Er wendet sich Jamnik zu, wobei er die in seinem Mund befindliche Portion nach wenigen Kaubewegungen hinunterschluckt. Beinahe zur Gänze ist sein Teller geleert, das noch verbliebene kleine Knödelstück sowie die geringe Saucenmenge wird er wohl nicht mehr aufessen, wie sich aus der Ablage seines parallel am rechten Tellerrand abgelegten Bestecks ablesen lässt. Aus dem ergriffenen Bierglas nimmt er einige Züge des Getränks, danach, ohne sich dabei vom Direktor abzuwenden, stellt er das Gefäß ziemlich genau wieder an der Stelle ab, von welcher es zuvor von ihm aufgenommen wurde. Jetzt hat er seine Stimmbänder vorbereitet, jetzt beginnt er zu reden: »Meine Rolle ist ja die kleinste. Der ›Neue‹ und der ›Regisseur‹ sind quasi Randfiguren im Stück. Aber weißt du, Robert, ganz genau deswegen meine ich, sind diese zwei Figuren besonders wichtig. Ich habe mir den »Regisseur« trotz der Kleinheit der Rolle ziemlich genau angesehen. Der Typ, diese Figur, die hat schon etwas an sich. Das fällt nicht sofort auf, aber wenn man sich Zeit nimmt, sieht man das. Und dann …«

»Bitte, bitte!«, fällt der Direktor dem Schauspieler ins Wort. Weil er ein Schreien unterdrückt hat, wirken seine Laute gepresst. Im Wortklang dieses grundsätzlich positiv konnotierten Begriffs zeigen sich Gereiztheit und Drohung. Der Ton lässt keinen Zweifel, wenn das Gewünschte nicht sofort geschieht, wird Unerwünschtes eintreten. Jamnik beugt sich langsam Malfadas Gesicht entgegen, als er etwa eineinhalb Ellen lang mit dem seinen entfernt ist, stoppt er den zeitlupenlangsamen Bewegungsprozess und sagt, gleichfalls zeitlupenlangsam: »Wie legst du diesen Typen an?« Die Stille nach dieser Frage währt nur ganz kurz, denn in selbiger Wortgeschwindigkeit wie der Fragesteller, nämlich betont langsam, erfolgt fast prompt die Antwort. »Als Pragmatiker«, lässt der Schauspieler alle mit ihm am Tisch Sitzenden wissen. Das Vernommene ist dem Wissbegierigen gleichsam zu viel wie zu wenig. Jedenfalls fühlt er sich provoziert, fühlt seine Frustrationsgrenze, außerdem seine Toleranzgrenze überschritten. Wie soll er mit solchen Leuten arbeiten können? Wie soll er auf diesem Niveau eine beeindruckende Produktion zustande bringen? In diesem Haus haben einige Schauspieler vom Wesen der Schauspielerei an sich offenbar keine Ahnung! Oder wollen ihn einige einfach nur quälen?

Wollen sie ihn strafen dafür, dass jetzt *er* da ist und andere deshalb gehen mussten? Das Land, im Ausland hörte er es sinngemäß so immer wieder, sei schließlich ein undurchsichtiger Tümpel, in dem nicht erkennbar wäre, wer Freund oder Feind ist. Wie denn auch, wo doch bei dieser Tümpelei regelmäßig, teilweise rasant, Transformation in mehr oder weniger ausgeprägter Weise zwischen diesen Haltungen vollzogen würde. Hier herrsche ein eigenartiges Verständnis über das panta rhei. *Schauen-wir-mal* als universelles Staats- und Bürgercredo. Widerlich! Gut aber, dass nicht alle hier Bürger sind. Er ist Künstler, nichts sonst, und wenn es das Letzte sein sollte, das er tut, er wird sein Haus und alles, was dazu gehört, zum internationalen Tempel der Theaterkunst entwickeln.

»Wie legst du den Typen an«, plärrt er los, »das will ich wissen, nichts anderes sonst! Verdammt! Dass der Typ ein Pragmatiker ist, steht ja schon im Stück selbst! Malfada, wie legst du den Pragmatiker an? Wie? Red', schnell!« Das hysterische Geschrei ist wie eine Lawine über die Kantine hereingebrochen, und als ob tatsächlich meterhohe Schneemassen alles bedeckt hätten, ist es lautlos für die lang anmutende Dauer einiger weniger Sekunden. Ebenso schlagartig, wie die Stille aufgekommen ist, ist eben *der* Geräuschpegel wieder vernehmbar, der vor Jamniks Zorneseruption die Kantine erfüllt hat. Malfada lehnt sich zurück, drückt das Gewicht des Oberkörpers an die Rückenlehne, die durch diese Belastung leicht, jedoch merklich nach hinten weicht. Indem er beide Arme einfach nach hinten hängen lässt, wirkt seine Brust geöffnet. Mit einer Bewegung seines Stuhls dreht er sich insgesamt seinem Widersacher zu.

Mit deutlich norddeutschem Akzent teilt er mit: »Ich beabsichtige den ›Regisseur‹ korrelierend zwischen Beschützer und geistigem Mäzen anzulegen. Kannst du damit etwas anfangen? Soll ich meine Überlegungen ausführen? Gerne mache ich das, wenn gewünscht.« Malfada hält dem Hysteriker also preußische Disziplin entgegen; er lässt sich nicht zu einem – wie auch immer gearteten – Schlagabtausch hinreißen. Nicht hier schlägt er zurück, hier nicht …

»Ah, korrelierend«, wiederholt der Hausherr in spöttischem Tonfall. Auch er weiß bereits um Malfadas fortwährendes Bemühen darum, als intellektuell, mindestens aber hochgebildet eingestuft zu werden. »Nein«, redet er weiter, fürs Erste reicht mir das. Damit kann ich schon etwas anfangen, und als Inszenierender kann ich mit deiner Auffassung grundsätzlich konform gehen. Mir geht es im Vorfeld bloß um eine Grundsatzabstimmung mit euch Schauspielern. Alles Weitere, alles Nähere zu den Rollen, kurz die Rollendetails, werden mit Produktionsbeginn dann thematisiert und abgearbeitet. In den ersten ein, zwei Wochen werden wir daher viel Zeit im Produktionsbüro oder meinetwegen gleich auf der Bühne dafür aufwenden müssen.«

Mit einem leichten Dreh seines Oberkörpers wendet er sich nun weg von Malfada, hinüber zur anderen Seite, Hansen zu. »Billy-Boy«, spricht er ihn an, »was kannst du mir denn sagen?« Zwischenzeitig sind die Teller ebenso wie die geleerten Trinkgläser, so auch das Gin-Tonic-Glas, abserviert worden. Die daraufhin still, nur mittels Handzeichen georderten Getränke, einmal mehr Bier

für Schauspieler und Statist, einmal mehr Gin Tonic
für den Hausherrn, werden eben herbeigebracht und am
Tisch richtig platziert abgestellt. Damit ist diese Unter-
berechnung zu Ende, damit kann der Befragte störungs-
frei Rede und Antwort stehen.

Er sei, so sein Bericht, *zu keiner Überzeugung gekommen, wie er den »Bruder« definitiv anlegen wolle. Daher
freue es ihn, dass Jamnik die Angelegenheit noch im Vorfeld besprechen wolle. Vielleicht könne man sich gemeinsam auf ein Vorgehen festlegen. Grundsätzlich habe er vier
Vorstellungen, wie die Rolle gestaltet werden könne, aber
überzeugt sei er von keiner Variante bisher. Die Möglichkeiten würden ihm als gleichwertig erscheinen, also je nach
Sichtweise auf das Leben entweder generell gleich gut oder
gleich schlecht.*

Über Aufforderung von Jamnik und Malfada schildert
er nun ausführlich sowie einigermaßen blumig die von
ihm entdeckten Möglichkeiten seine Figur betreffend.
Während der Statist sich dazu seine Meinung nicht erlaubt, wie überhaupt er sich keinen Mucks erlaubt, bringen sich Direktor wie Schauspielkollege regelmäßig mit
Verständnisfragen, Meinungen, Anregungen in den In-
formationsfluss Hansens ein. Hier findet auf Augenhöhe
aller Teilnehmenden eine rege wie konstruktive Diskussion statt, was insofern überrascht, als über Jamniks Ent-
gleisung Malfada gegenüber Gras noch nicht gewachsen
sein kann. In solchem Austausch vergehen etwa dreißig
Minuten, dann sind sich alle drei einig, mit welcher Variante die Rolle des Bruders ausgestattet werden soll. Das
kann als Grund zum Feiern genommen werden, weshalb

der Hausherr für alle am Tisch weitere Getränke ordert. Die Gläser sind leer, sie sollen gegen volle, aufgefüllt mit den gewohnten Inhalten, ausgetauscht werden. Ja, er weiß schon auch, wie man sich hier Freunde machen kann. Weitere eineinhalb Stunden später sitzt er wieder im Büro. Blendend gelaunt sowie alkoholbedingt aktionsenthemmt beabsichtigt er auch Klara Fromm heute noch zu treffen. Nichts kann ihn heute mehr bremsen, schlichtweg sensationell, was er heute alles zuwege gebracht hat. Seine Euphorie reduziert sich minimal, als sein Anruf bei Fromm auf deren Sprachbox landet. Was er hinterlässt, ist eine Rückrufaufforderung, dann, er hat es so entschieden, wird er seinen Arbeitstag beenden.

Tags darauf meldet sich Fromm, wie von ihm verlangt, telefonisch. Es stellt sich heraus, dass ein Treffen aktuell nicht sinnvoll erscheint. Durchaus hat die Aktrice eine detaillierte Vorstellung von der »Freundinnenrolle«, diese Vorstellung allerdings kann sie im Wesentlichen nur im Zusammenspiel mit der Hauptrolle umfassend aufblühen lassen. Brehm also muss, im wahrsten Wortsinn, mitspielen, sie muss Fromms Interpretation vorbehaltlos mittragen. Wie die Anruferin berichtet, *wäre sie dazu bereits mit der Hauptdarstellerin in Kontakt. Es habe daher momentan keinen Sinn, wenn sie beide sich auf etwas einigen würden, das dann möglicherweise an einer Verweigerung Brehms scheitern könne.* Das leuchtet dem Direktor ein, als Vielbeschäftigter muss er schließlich effizient mit seiner Zeit umgehen. Er kann sie nicht für mögliche Luftblasenentscheidungen verwenden. Fromms favorisierte Rollenausgestaltung interessiert ihn trotzdem, und nach einer kurzen Darlegung dazu seitens der Darstellerin zeigt er sich äußerst angetan von dieser Auslegung. Nichts weiß er von der tiefen Freundschaft der beiden Frauen, nichts weiß er von deren Vertrautheit, weshalb er, die Brehm als abstraktes wie konkretes Feindbild vor dem geistigen Auge habend, plump formuliert: »Na hoffentlich zickt dieses Weib nicht blöd herum. Allein wenn ich an die Stimme denke, bekomme ich Aggressionen.« »Mein Lieber, du bist zu reizbar«, gibt Fromm zurück. Terminbedingt, wie sie sagt, beendet sie das Gespräch; immerhin habe sie noch anstrengende Dreharbeiten zu absolvieren.

Zu tun hat auch er einiges, denn stehen ihm zwei Termine bevor, auf die es gilt sehr gut vorbereitet zu sein. Der Staatssekretär hat sich außerdem für übermorgen angesagt; er will Gästen aus Budapest das Theater zeigen. Dazu reicht der Besuch einer Vorstellung nicht aus, den ungarischen Freunden soll Einblick sozusagen hinter die Kulissen gewährt werden. Gerade weil diese Visite informell ist, fühlt Jamnik sich unentspannt; ihm wäre ein offizieller Akt weniger unangenehm, weil er sich bei einem solchen quasi an ein Protokoll halten könnte. Beim bevorstehenden »Gastspiel« weiß er nicht so recht, was von ihm erwartet wird. Sie nerven ihn, diese Termine, für die es deshalb keinen Kodex gibt, weil es keine anerkannte Bezeichnung gibt. Beim zwischenmenschlichen Agieren hat er, trotz aller Freigeistigkeit, Parts und Positionen gerne definiert, nachdem ihm ein intuitives Erfassen derartiger Situationen nur zeitweise gelingt. Als

Vollblutregisseur auch des eigenen Lebens braucht er sie immer, eine Handlungsvorgabe … Da Cetin bereits zwei Tage vor Produktionsbeginn in der Stadt eintreffen wird, sieht der Direktor jetzt keine Notwendigkeit zur Rollenabstimmung; dafür hat er ein Treffen gleich an Cetins Ankunftstag vereinbart. Er kann sich sohin ganz auf die Pressetermine konzentrieren, von denen einer spätnachmittags, der andere morgen Vormittag stattfinden wird.

Am ersten Produktionstag finden sich Schauspieler wie Regisseur mehr oder weniger pünktlich direkt auf der hausinternen Probebühne ein. Brehms Erscheinen überrascht niemanden. Bereits im Zeitpunkt der Textaushändigung ging das Gerücht, sie wäre für die Hauptrolle vorgesehen. Als Jamnik gegenüber Hansen wenige Tage danach die Richtigkeit bestätigt hatte, wussten binnen weniger Minuten alle, an wen die Hauptrolle tatsächlich ergangen war. Der Theaterdirektor ließ die interessierte Öffentlichkeit mittels Pressemitteilung informieren über die Produktion des Hofmannstücks, seine Regie sowie die mitwirkenden Schauspieler. – Unbeantwortet ließ er die ab und an implizit gestellten Fragen danach offen, warum ausgerechnet er ausgerechnet Brehm gewählt habe. Bis heute wird in den Theaterkreisen wild über die Gründe spekuliert, schließlich ist kaum eine Betätigung schöner als das Andichten. Dabei zeigen besonders die sonst Geistlosen enormen Ideenreichtum, die Herkömmlichen werden fantastisch. Zwar ist Brehm keine in dem Sinne im Kollegenkreis allgemein beliebte Schauspielerin, allerdings schlagen ihr aus diesem Kreis auch keine Feindschaften offen oder – viel schlimmer noch – latent entgegen. Sie ist letztlich immer fair geblieben, bei all ihrer bloß hausintern gezeigten Allürenhaftigkeit, bei all ihrer Angerührtheit, bei all den Stimmungsschwankungen; die für ihr gesamtes Umfeld belastend und für sie selbst beinahe unerträglich waren.

Frei von Überraschungen und Grundsatzabneigungen kann mit der Erarbeitung des Dramas aktuell unbelastet begonnen werden. Noch gibt es nichts zu schlichten, nichts aus dem »Produktionsweg« zu räumen; noch gibt es nichts, was hinderlich ist. Jamnik begrüßt sein Künstlerteam beiläufig, er hat nur mehr die Premiere vor Augen, allein darauf ist er fokussiert. Wie er sich die Inszenierung des Stücks vorstellt; erklärt er sogleich den Anwesenden:

Das Bühnenbild würde allein mittels Farben gestaltet werden, und Tische in unterschiedlichen Größen, quadratisch oder rechteckig, dazu Stühle, wären die einzige Bühnendekoration. Die Farben sollten die Grundsatzstimmungen der Szene widerspiegeln. Ansatzweise die Gefühlslagen der Agierenden. Dazu wäre er bereits in Absprache mit Licht- und Bühnentechnikern, wie man das, was er sich vorstellt, optimal auf der Bühne umsetzen könne. Die Farben, egal ob hell oder dunkel, müssten leuchten, selbst dann, wenn sie matt erscheinen wollten. Insbesondere bei den Grundstimmungen denke er an bewegliche, also abwechselnde, monochrome Farbnuancen. Stühle und Tische wünsche er sich durchsichtig-gläsern oder, alternativ, in Chrom gehalten. Jedenfalls würden die Möbelstücke fragil, zierlich sein, damit die Schauspieler ihre Präsenz voll entfalten könnten. An Form und Größe der Tische, zudem an der Position der Sessel wolle er die Beziehungen der szenemomentanen Figuren zeigen. Ihm schwebe vor, das Sitzen am Tisch zur zentralen Aktion dieser Aufführung zu machen; das gesprochene Wort allein solle Mittelpunkt sein, Betonung, Rhythmik, Melodie zentrale Gestaltungsmittel. Sein erklärtes Ziel wäre es, mit dieser Inszenierung alle zu begeistern: Publikum, Medien, Theatermenschen; zugleich wolle er damit auch Gregor Hofmann von sich als Regisseur, außerdem von seinem Theaterhaus überzeugen.

»Hofmann ist ein Selbstinszenierender, seine Bühne ist das Schauspielhaus in Ruttfelt. Die wird er nicht lassen, ebenso wenig die Selbstregie«, erwähnt Brehm laut, jedoch mehr zu sich als an die anderen gerichtet. Monoton, als ob Jamniks letzter Satz in ihr Sprachautomatik ausgelöst habe, äußerte sie das Gesagte beiläufig. –

Explizit nimmt Jamnik sie ins Visier. »Wo der sein Theater macht, weiß ich. Alle wissen das. Erzähl mir das also nicht, sondern sag mir, was du mit deiner Rolle vorhast«, sagt er. Seinen Worten lässt er Untertöne mitschwingen, die zwar nicht definierbar sind, Gereiztheit allerdings vermuten lassen. Er beendet das Schreiten entlang des Bühnenrandes, das er während seiner Erläuterungen mit rückenverschränkten Händen in der Absicht vollführt hat, die Wichtigkeit seiner Rede zu unterstreichen. Sich in Richtung Brehm bewegend bleibt er schließlich in einem Abstand von etwa vier Schrittlängen, der Aktrice frontal zugewandt, stehen. Welches Geschehen damit auch immer in der Interaktion zwischen diesen beiden in Gang gesetzt werden wird, noch beginnt sein Lauf nicht, denn hemmt ihn Malfadas unerwartetes, vielleicht auch unangebrachtes Bekenntnis. »Also ich wusste nicht, wo Hofmann gespielt wird«, enthüllt er. Mit dieser Feststellung positioniert er sich gegen Jamnik, mit dem er eine Rechnung offen hat. Auch in diesem Theaterspiel, das ist somit deutlich, wird es sie geben: die einen, die anderen …

»Egal! Jetzt weißt du's«, schreit der Brüskierte, der seine Haltung nicht verändert, sondern statuenartig exakt beibehält. Brehm nach wie vor direkt zugewandt, verlangt er abermals die Offenlegung der Rolle. Die erfüllt diese Forderung gerne, schließlich trachtet sie bereits seit Tagen danach, ihrer Figur endlich Leben einzuhauchen, strebt sie danach, endlich ihre Rolle zu leben. Was sie im Einklang mit dieser Figur vermag, es muss Staunen machen, mehr noch, es muss verstören. Das ist der Anspruch, den sie an sich hat, in diesem Drama, in dieser Rolle, in diesem Haus. *Nach ihrer Interpretation habe ihre Frau,* wie Brehm erläutert, *intensive Gefühle. Obwohl sie eine solche Intensität und auch eine solche Gefühlsqualität bisher nicht erfahren habe, werde dieses Empfinden zugelassen. Die Frau werde sich nicht gegen das Erleben wehren, sondern diesem gänzlich offen gegenüberstehen — nein — vielmehr noch, schwärmt die Schauspielerin weiter, sich in dieses bedenkenlos einlassen, ganz hineinlassen. Sich mit diesem verweben, untrennbar verknüpfen, einen Gefühlsteppich, einen Kelim entstehen lassen. Und trotz dieses Selbstbekenntnisses, Selbsterkenntnisses und der daraus folgenden Haltung werde sie der Rolle, der Figur nichts, in abwertendem Sinne, Gefühlsüberschwängliches angedeihen lassen. Eine Liebende ohne Pathos, das sei ihre Frauenfigur.*

»Eine Liebende ohne Pathos?«, fragt Jamnik. »Du meinst, dass sie sich die Gefühle für die andere nicht wirklich eingestehen kann?«

»Nein, das meine ich damit nicht. Ich meine damit, dass die Frau nicht die Zeit vergeuden will in einem abgehobenen, ungeerdeten Schwebezustand, in dem sie jedem Wettergeschehen ausgeliefert ist«, erklärt Brehm. »Die Frau will die Gefühlslage fundamentieren, wenn du so willst. Sie möchte einerden, möchte erden, im Alltag auf den Boden bringen, dort tatsächlich umsetzen.«

Ganz klar ist für Jamnik trotz der Darlegung nicht, als welche Frau er die Rollenfigur begreifen soll, die Brehm auf die Bretter bringen will. *Ob sie, Brehms Frauenfigur, aufgrund ihrer Empfindungen eine Zerrissene sei, forscht er weiter. Eine, die sich mit dem, was sich ihr plötzlich unerwartet, wahrscheinlich auch ungewünscht, aufgetan habe, überhaupt erst anfreunden müsse; eine, der absolute Selbstentfremdung drohe.*

Bedingt, sehr bedingt allerdings nur, könne man das so vielleicht herunterbrechen, meint die Schauspielerin gedankenverloren. Zeige- und Mittelfinger hat sie auf ihre geschlossenen Lippen gelegt, den Kopf wiegt sie sehr, sehr langsam von Seite zu Seite, weshalb diese Bewegungen nicht schlüssig als Lockerungsübungen gegen einen verspannten Nacken interpretiert werden können. Niemals noch ist ihr Ausdruck leicht von den Lippen gegangen, wenn es um Expressionen oder Impressionen der eigenen Sinne, der eigenen Sinnlichkeit geht. Sie hält ihre Kopfbewegungen inne, nimmt, nach einer Weile die beiden Finger vom Mund, wobei sie zeitgleich mit dieser Bewegung zu sprechen beginnt. *Als Zerrissene im herkömmlichen Sinn wolle sie diese Frauenrolle keinesfalls verstehen. Ganz eindeutig, zweifellos, stünde die Hauptfigur zu ihrem gesamten Gefühlsgeschehen. Daran sei nicht zu rütteln, das könne nicht wegdiskutiert werden. Nach ihrer Gefühlsinterpretation allerdings gebe es in Bezug auf das bisherige Leben einen Bruch, gebe es eine Spaltung, insofern nämlich, als die Hauptfigur plötzlich nicht mehr wisse, wie sie in ihrem Lebenskontext mit den anderen, ihr – mehr oder weniger – Vertrauten umgehen solle. Wie solle sie mit denen und mit den bloßen Bekannten umgehen? Nicht stelle sich ihrer Figur die Frage, wie sie ihre neuen Gefühlswelten und deren Auslöserin in den gewohnten Lebenskontext integrieren müsse, sondern wie sie das Alte, das Gewohnte, in ihren neuen Raum, Freiraum, Lebensraum integrieren solle – wenn überhaupt sie das möge. Wie könne sie in einen vermeintlich winzigen, doch unendlich dimensionierten Raum einen vermeintlich riesigen, jedoch bloß sehr endlich dimensionierten Raum einfügen, einbinden, implementieren.*

»Also die Interpretation ist hochinteressant«, lässt Angelika Poschalko vernehmen. Leicht verdreht sitzt sie auf dem Sessel, dessen Sitzfläche sie nur halb beansprucht. Die Rückenlehne hat sie seitlich, nicht rückenseitig, sondern armseitig am Körper. Solcherart an die Lehne gedrückt, hält sie ihren Arm hinter dieser verborgen. Das linke Bein ist auswärts gedreht, mit ihrer Schuhspitze vollführt sie immer wieder Bewegungen auf dem

Bühnenboden, manchmal gegen den Bühnenboden. Bei genauem Hinsehen lassen sich kleine rechteckige Papierstückchen erkennen, Zuckerl- beziehungsweise Bonbonhüllen, die von der marottenreichen Schauspielerin wohl zuvor dort verstreut wurden.

»Interessant, das mag schon sein, die Hauptrolle wird aber als normal Zerrissene gespielt werden«, entfährt es Jamnik.

»Bitte«, ruft Brehm, deren Stimme sich dabei überschlägt, »was soll das heißen?«

»Das soll heißen, dass du deine Figur identitätskrisengeschüttelt verstehen sollst. Ganz nach dem Motto: Solche Gefühle können bei mir nicht sein«, antwortet er.

»Ganz sicher nicht!! Das ist ja das genaue Gegenteil dessen, wie ich meine Figur verstehe«, schreit die Hauptdarstellerin.

Poschalkos unüberhörbare Frage an sich selbst, warum denn jetzt geplärrt werden müsse, macht die Situation nicht entspannter. Die Stimmung wird durch Malfadas Kundmachung, er würde Brehms Interpretation völlig teilen, absolut befürworten, weiter in Richtung Eskalation geputscht. Auf langmütige Ausführungen, wieso er zu dieser Auffassung gekommen ist, verzichtet er; zumal er nicht Gefahr laufen will, wieder einmal von einem Ungehobelten das Wort abgeschnitten zu bekommen. Das Geplante hat er vollbracht, das sonst noch Geplante wird er noch vollbringen.

Wie Brehm die Rolle anzulegen gedenkt, das beeindruckt ihn, den Inszenierenden. Vage nur kann er die

Lage dieser Brehm'schen Frauenfigur erfassen, präzis jedoch begreift er das beschriebene Raumproblem. Nicht im Traum hätte er ihr, der Ungelittenen, eine solche Auslegung zugetraut. Seine Inszenierung könne davon nur profitieren, das weiß er; er ist begeistert, doch nützt dies weder ihm noch Brehm. Im Unvermögen, ganz einfach über seine Abneigung hinwegsehen zu können, sucht er nach weiteren Gründen dafür, warum die Schauspielerin ihr Vorhaben nicht umsetzen darf. – Jedenfalls nicht kampflos umsetzen darf. Wie gut kommt ihm da seine Ansicht entgegen, als Direktor immer das Gesicht wahren zu müssen, denn als Direktor, gerade dieses international bedeutenden Hauses, kann man nicht jedem Wunsch, jedem Anliegen des Ensembles, des Personals nachgeben. Eine Hochkulturstätte ist zu führen, künstlerisch höchstwertig, wirtschaftlich vorbildlich. Da kann nicht alles bis zu einer allgemeinen oder speziellen Akzeptanz hin diskutiert werden, da müssen Weisungen erteilt und befolgt werden. Was er will, gerade auch in seiner Funktion als Regisseur des Hofmanndramas, hat er durch seine Erläuterungen deutlich gemacht, er kann also jetzt nicht so einfach die Kehrtwende vollziehen. Nein, so einfach ist das nicht. Brehm hat sich zu beugen. Brehm muss sich beugen. – Nicht auszudenken, wenn sie es nicht tut …

Als Klara Fromm sich ins Geschehen einbringt, stimmt ihn das hoffnungsfroh, seine Anspannung lässt nach, er hält sich mit allem zurück. Was diese Schauspielerin in dieser Lage bewirken wird, bleibt abzuwarten; das Resultat dessen, er wird es beurteilen, wird es handhaben.

Fromm führt nun aus, wie sie ihre Frauenfigur zu spielen gedenkt. Dies tut sie ausführlich, da sie konkrete Absichten hegt: Keinem soll verborgen bleiben, wie perfekt ihre Rollenauslegung mit Brehms geplanter Gestaltung der Hauptfigur zusammenpasst, niemandem darf das entgehen. Sie will es vermeiden, das drohende Aufgeriebenwerden der Freundin, das mögliche Vorgeführtwerden der Freundin. Ein nutzloses Kräftemessen ist sie bestrebt zu vermeiden, das Sichproduzieren der Kontrahenten gegeneinander auf offener Bühne ist für sie unerwünscht, ein – wie passend – Theater der beiden lehnt sie ab. Hysterie ist ihr seit jeher zuwider, den Hang der Freundin dazu kennt sie, diesbezügliche Entgleisungen hat sie in der Vergangenheit mehrere miterlebt, wenngleich auch nicht sie Auslöserin dieser gewesen ist. Brehms hysterisches Handlungsvermögen hat für Fromm und auch so manch anderen, bei aller – gelinde – Unbilligkeit, etwas Faszinierendes. Das liegt am Facettenreichtum, denn Brehms Hysterierepertoire erscheint als nahezu unerschöpflich. Deutlich weniger vielseitig ist Jamnik. Was Fromm dazu bisher von ihm bei Meinungsdifferenzen miterleben musste, waren gewaltige Selbstdarstellungen, aufbrausend, lautstark, gestikulierend. Einschüchterungstaktik eben. – So alt wie die Menschheit selbst, immer noch hochmodern. Da sie Zeit- und Energievergeudung hasst, verzichtet sie auf Indirektes, sie wird deutlich und spricht den Direktor direkt an: »Robert, lass uns die Rollen wie beschrieben spielen. Anna und ich können so die beste Wechselwirkung zwischen unseren Figuren herausholen.« Ein schlauer Schachzug, Fromms Verwendung des Wortes »uns«, denn auf Grundlage genau dieses Wortes kann Jamnik nun so einfach seiner ungeliebten Hauptdarstellerin ihre künstlerische Freiheit zugestehen. Verdammt gut sind die Dinge für ihn gelaufen; beinahe glücklich ist er, aber das braucht niemand zu wissen.

»Also gut, meinetwegen«, ruft er nach einer merklichen Pause, in der allein Poschalkos Fußbewegungen und Cetins Bedienen seines Handys Geräusche verursacht haben. »So, wir hören uns jetzt noch die anderen an«, spricht er weiter, »dann können wir jedenfalls schon morgen direkt zur Sache gehen.« Der Fortgang funktioniert reibungslos, Jamniks getätigte Vorabbesprechungen mit seinen Künstlern zeigen hier Effizienz. Allgemeine Akzeptanz herrscht vor, offensichtlich existiert ein gemeinsames Grundverständnis dieses Teams zum vorliegenden Stück und dessen Personen. Die aufgekommene leichte Stimmung hat alle beflügelt, beflügelt alle. Morgen sollen die ersten Schlüsselszenen durchgespielt werden, zur optimalen Vorbereitung auf die konkreten Textpassagen sollen sich die Darsteller, wie Jamnik meint, heute noch genügend Zeit – wo auch immer – nehmen. Mit diesen Worten beendet er den ersten Produktionstag.

Die ersten Tage der Produktion hat das Team bereits hinter sich gebracht. Das zwar nicht friktionsfrei, immerhin aber bis zum heutigen Tag ohne gröbere Streitereien. Trotzdem ist die Stimmung aktuell latent angespannt, tendenziell aggressiv. Als Poschalko, deren Textungenauigkeit legendär ist, zum wiederholten Male bei einer

Passage im Dialog mit der Hauptfigur versagt, explodiert Brehm. Wutentbrannt plärrt sie los: »Das gibt es nicht! Verdammt noch einmal Angelika! – Jetzt lern' endlich deinen Scheißtext!«

»Mein Gott, Anna«, antwortet die Getadelte, »reg' dich wegen der paar kleinen Textschlampereien doch bitte nicht auf. Wir haben noch ausreichend Zeit, und ich werde das schon noch ganz genau hinbekommen. Wie immer.«

»Wie immer!«, schreit Brehm in gesteigerter Wut, »Wie immer! Das ist ja wohl ein Hohn. Jeder hier weiß, dass du immer Textchaos hast. Das ist immer – sonst gar nichts!«

Sicher, das weiß Poschalko selbst, hat Brehm recht mit dem, was sie eben sagte. Recht hat sie mit Feststellung und Vorwurf; und doch wird sie nicht klein beigeben, wird sie nicht um Nachsicht bitten für ihre Schwäche. Wie kommt ausgerechnet Brehm dazu, ihr diese Schwäche derart vorzuhalten? Das nimmt sie nicht einfach hin, dieses Aufgedecktwerden, ihre eigene Unzulänglichkeit verzeiht sie Brehm nicht.

Sie verlangt nach dem Text, den sie umgehend ausgehändigt bekommt, schaut dort, auf dem Papier, nach dem Rechten. Offensichtlich, man erkennt Sprechbewegungen, ist sie jetzt bemüht, sich den Text einzuprägen. Schließlich stellt sie sich in Pose und setzt genau dort fort, wo Brehms hervorgebrochene Aggressionen die Probe unterbrochen haben. Als ob nichts vorgefallen wäre, macht nun auch Brehm weiter. Die Eigenarten der Kollegin sind ihr bekannt, sie weiß, wie zeitraubend diese sind, wenn sie an den Tag gelegt werden. Über die unerwartet rasche Fortsetzung ist sie daher so froh, dass ihr jeglicher Ärger, jeglicher Unmut abhandengekommen sind. Mit ihrem Übungsdialog geht es zwischen den beiden nun gut voran, was zweifelsohne der Souffleuse zu verdanken ist, die mittlerweile endlich im Theater aufgetaucht ist. Der im Ohr der, wohlwollend formuliert, textkreativen Schauspielerin befindliche Funk liefert ihr das Benötigte. Brehm verzichtet im Regelfall während Proben auf solche Unterstützung, in der Absicht, dadurch ihr textpräzises Gedächtnis geschmeidig zu halten, auf reiner Eigenleistung zu halten.

Entspannt ist jetzt auch Jamnik. Ihm sind Textprobleme von Schauspielern ganz allgemein zuwider. Solche Schwächen von darstellenden Künstlern zeugen für ihn schlicht von Dilettantismus; so etwas möchte er nicht dulden, so etwas garantiert seine Verärgerung. Hier liegt er mit der Hauptdarstellerin absolut auf einer Linie, und dennoch hätte er, seiner persönlichen, objektiv nicht begründbaren Abneigung wegen, Brehm in diesem von ihr ausgelösten Intermezzo von zuvor nur äußerst ungern unterstützt.

Als alle glauben, alles habe sich – jedenfalls für eine Zeitlang – wieder eingespielt zwischen den beiden Aktricen, zückt Angelika Poschalko ihr Wortmesser. »Weißt du, Anna, wenn ich mir das mit deiner Textperfektion und meinen kleinen Textausrutschern überlege, dann denke ich mir, ich hab's halt nicht so notwendig wie du. Kleine Schlampereien muss man sich halt einfach auch leisten können«, sagt die vom Publikum viel geliebe Theater-Grande-Dame. Die kurze Klinge hat sich treffsicher ins Herz derjenigen gestoßen, von der sie – zu Recht – getadelt worden war. Wäre Brehm nicht im Recht gewesen, hätte sie, Angelika Poschalko, sich nicht so unverzeihlich bloßgestellt gefühlt.

Still ist es nach diesem Angriff. Die Welt scheint langsamer geworden; die Brehm ist erstarrt. Auf Fromms Gesicht zeigt sich Entsetzen; Malfada tut seine Empörung kund, indem er laut feststellt, dass das ekelhaft gewesen sei.

Die anderen zeigen außer Überraschung keine interpretierbaren Reaktionen; sie scheinen auf den Abgang dessen zu warten, was losgetreten wurde.

Man dürfe doch wohl noch die Wahrheit sagen, verteidigt sich Poschalko, was dazu führt, dass Brehm unmittelbar aus ihrer Erstarrung heraus einen kurzen, schrillen Schrei ausstößt, gleich darauf in deutlich vernehmbares Geschluchze verfällt und fast zeitgleich damit in Sprintgeschwindigkeit von der Bühne rennt. Schnell, doch deutlich langsamer folgt Klara Fromm der Freundin hinterher. Zuvor hat ihr vorwurfsvoller Blick den der Aggressorin gesucht und – direkt getroffen; eine Anklage kann sie somit unterlassen, zumal ihr Derartiges ohnehin aus tiefstem Herzen zuwider ist. Im Gegensatz zu ihr, Fromm, hat er, Jamnik; stets mit Vergnügen Beschuldigungen coram publico demonstriert; kraft seines jeweiligen Amtes hat er liebend gerne öffentlich angeklagt. Ebenso gerne macht er jetzt publik was Sache ist, nämlich, *was die Wahrheit sei, das dürfe selbstverständlich gesagt werden, jedoch solle niemand hier vergessen,* so verlautbart er, *dass er es sei – ausschließlich er – der in diesen Hallen die Wahrheit festlegen würde.*

»Die Wahrheit ist also auch eine Hure?«, lässt Malfada vernehmen. »Bisher dachte ich, dies wäre nur bei der Geschichte so.« Die Absicht des Schauspielers ist klar, er hat Provokation im Sinn.

»Ich kenne noch eine Menge Huren mehr«, lässt Cetin süffisant wissen. Breitbeinig lehnt er in seinem Stuhl, mehr liegend bereits denn sitzend. Beide Hände hat er in den Seitentaschen seiner schwarzen Bundfaltenhose stecken, wo er sie, den sich abzeichnenden Konturen nach zu schließen, zu Fäusten geformt hat. Die Zunge im geschlossenen Mund stößt er gegen die linke Backe, wobei die gewollt anrüchige Geste unübersehbar ist für alle Umstehenden, die den Blick auf ihn gerichtet haben.

Als Malfada die Frage stellt, *wen es denn interessieren würde, was für Leute Cetin kenne,* entbrennt ein wüster Worttumult unter den Anwesenden. Jeder ergreift Partei für irgendwen oder bezieht Stellung gegen irgendwen. Poschalkos perfider Schlag gegen Brehm wird ihr, jetzt zeigt es sich, allgemein hier übelgenommen; außer Cetin findet niemand, dass Brehm es verdient habe, an ihre Situation erinnert zu werden. Tief in sich findet selbst auch die altgediente Mimin ihr Verhalten widerwärtig. Sie weiß, wie sehr sie verletzt hat, weshalb sie unter besonderer Pein steht: Ihre Selbstvorwürfe sind massiv, die Anklagen der anderen setzen ihr zu, jedoch am schlimmsten plagt sie die Furcht davor, Annas Wohlwollen verloren zu haben. Die Beinahefreundschaft existiert schon lange; sie ist ein stabiler und wichtiger Faktor in Poschalkos Berufsleben. Oft hat die Sensible darin Zuflucht gefunden, doch jetzt hat sie selbst ihn torpediert, den Anker, den Stabilitätsgaranten. Eine besonders zynische Abart von Friendly Fire. Nein, sie heult nicht los, bricht über ihre Schuld und ihr Verschulden nicht in Tränen aus, sondern beherrscht sich, indem sie – merklich – zusammenfällt. Eine Schuldgedrückte auf offener Bühne, der weder die anderen noch sie selbst zur Stunde Gnade gewähren.

Wenn die Arbeitsergebnisse des heutigen Tages noch ordentlich abgeschlossen werden sollen, muss der Regisseur eingreifen, davon abgesehen muss er diese, wie er es – unausgesprochen – nennt, Chaotentruppe zurück zur Disziplin führen. Alles wird er dafür aufbieten, Einschüchterungstaktik sowieso – so alt wie die Menschheit selbst und vielleicht gerade deshalb immer noch hochmodern, hochwirksam.

»Aus jetzt! Ruhe!«, schreit er. Die daraufhin tatsächlich eintretende Ruhe nützt er dafür, die Souffleuse zu den beiden von der Bühne abgegangenen Aktricen zu entsenden. Sie, die Textflüsterin, *solle in seinem Namen die beiden,* so lässt er vernehmen, *umgehend zurückführen. Eine Verweigerung oder weitere Verzögerung würde garantiert Konsequenzen für beide nach sich ziehen.* Welche Konsequenzen das genau sein sollten, weiß er nicht, doch lässt er sich dadurch nicht am Drohen hindern. Nach dieser Order wendet er sich wieder den anderen zu, denen er darlegt: »Wenn die zwei wieder da sind, geht es sofort weiter.«

»Na das kann ich mir nicht vorstellen«, sagt Hansen

der, wie am zustimmenden Gemurmel sowie an Gesten der anderen merklich ist, mit dieser Ansicht nicht alleine dasteht.

»Was du dir vorstellen kannst oder nicht, ist mir völlig egal«, wütet Jamnik. »Halt dich an die Fakten, und die sind so, wie ich es sage.«

»Und was, wenn nicht?« reizt Malfada, dessen Provokation allerdings ins Leere geht, da die beiden Schauspielerinnen, angeführt von der Souffleuse, im Gänsemarsch zurück auf die Bühne kehren. Tatsächlich finden sich die drei Rückkehrerinnen an *den* Plätzen der Bühne ein, an denen sie sich befanden, bevor die Welt sich verlangsamte, bevor sie für Anna Brehm erstarrte. Ein Ablauf setzt sich fort, einer, in den sich alle wie selbstverständlich fügen.

Die Probentage laufen dahin, mittlerweile sind alle Schauspieler zerstritten, denn bei jeder Probe zerwirft sich irgendwer mit irgendwem, ergreift infolge jeder Partei für irgendwen. Eine alltägliche Spaltung in die einen und die anderen, in diese und jene, in solche und solche, die sich stündlich, nein minütlich modifizieren kann. Mehrmals hat Jamnik gedroht die Produktion platzen zu lassen; niemals bisher wurde dieser Androhung etwas entgegengesetzt. Nicht einmal eine neutrale Frage wurde dazu gestellt, auch nicht von Malfada, der sich üblicherweise damit brüstet, jeden seiner Verträge von Topanwälten prüfen zu lassen.

In der aktuellen Probeninteraktion zwischen Cetin in seiner Rolle als Freund der Freundin, Anna Brehm und Klara Fromm in ihren Rollenfiguren lässt der junge Schauspieler eben nur sehr halbherzig seine Verliebtheit erkennen. Er spielt momentan so schlecht, dass der Direktor in seiner Funktion als Regisseur eingreift. Harsch schreit er Cetin an: »Burschi! Glaubst du wirklich, dir nimmt auch nur irgendwer deine Verliebtheit ab. Glaubst du wirklich irgendwer glaubt dir, dass du voll auf die Alte abfährst? So wie du das grad spielst, kann sich der Viagra-Hersteller bei dir bedanken. Du kommst nämlich so rüber, als fehlt dir eine Ladung Pillen, eine ganze LKW-Ladung voll aber bitte. Vielleicht bekommst du bei denen einen Werbevertrag.«

Mit allgemeiner Verwunderung beobachtet das Team das Geschehen; Jamniks – gelinde formuliert – harte Kritik am Jungschauspieler überrascht alle, denn waren die beiden bisher, hochwahrscheinlich ihrer Ähnlichkeiten wegen, in Harmonie. Ähnlichkeit ist ein Element der Verbindung, so jedenfalls meint es eine Teilwissenschaft, der mancher Glauben schenken mag.

»Du sagst, die Alte«, antwortet Cetin, »und genau das ist mein Problem. Verstehst? Die Alte ist nämlich wirklich alt. Wer soll denn mit vierzig plus noch irgendwas anfangen können?«

Erstmals in diesem Theater lässt sich nun auch Fromm zu einer Spontanreaktion hinreißen, doch geht ihre Frage danach, *ob Cetin einen Knall habe, oder ob er sich einfach nur vor Frauen fürchte, die dem Sandkistenalter entwachsen wären,* Jamniks wegen beinahe unter.

Der nämlich plärrt nun: »Burschi, du bist Schauspieler! Zeig, dass du was kannst, oder such dir einen anderen

Job. Wirf dir im Kopf irgendwas ein, find dort die rosarote Brille oder irgendwas zum Schönsaufen. Du musst das können! Deinen Job, deine Kunstgriffe kann ich dir nicht erklären.«

Als Angelika Poschalko mit ihrer Aussage, *Cetin sei noch so jung und habe doch bei den Proben schon bewiesen, dass er was könne,* hervorbricht, verdickt sich die Luft schlagartig. *Ömer müsse einfach noch lernen sein Spielniveau dauerhaft zu halten, das,* so lässt sie wissen, *wäre sein kleiner Mangel, der ganz leicht zu korrigieren sei. Man müsse ihn beim ersten Anzeichen eines Leistungsabfalls sofort ausdrücklich darauf hinweisen.*

Ob Poschalko, so erkundigt sich nun Fromm, *ihr offenbares Wahlsöhnchen auch auf Sexismus und unglaubliche Frauenfeindlichkeit hinzuweisen gedenke. Bei manch anderen Leuten,* so meint sie noch, *seien Hopfen und Malz freilich verloren.* Da dies, jeder weiß es, ein Schuss auch gegen den Direktor war, ist nun auch der selbst in diesen seit Probenbeginn heftigsten Zank involviert. Er ist nicht mehr bloß der Zuschauer, der von einem – metaphorisch gesprochen – Logenplatz aus die Fehde kommentiert, so wie das in einem Muppet-Puppentheater zwei betagte Kerle trefflich vorgeführt haben, sondern er ist mittendrunter in diesem Frontalzusammenstoß. In diesem Gefecht toben sie sich gegeneinander aus, die Gruppen Brehm, Fromm, Malfada, Hansen, Souffleuse und Cetin, Jamnik, Poschalko. Als Verbündete, die die Meutenmitglieder nun sind, schweißt sie gewiss die gemeinsame Abneigung möglicherweise mehr noch gegen die anderen Paktierer zusammen. Was hier abgeht, ist ein Nahkampf, und trotzdem, wie die Geschichte dieser Proben bereits gezeigt hat, wird diese unselige Produktion zu Ende gebracht werden, wird sie auf die Premierenbühne gebracht werden.

Kapitel 3

Kontaktaufnahme mit Gregor Hofmann

Hofmann ist gut gelaunt, sein neues Drama ist im Fertigwerden. Die Informations- und Marketingmaßnahmen für das Werk sind bereits vor Monaten angelaufen. Der Schreiber ist ein Stratege, nichts in solchen Dingen überlässt er dem Zufall, denn hat er sie schon lange, die Gewissheit, dass Kunst ohne professionelle Öffentlichkeitsarbeit das Gemeine nicht erreicht, sich im Alltag nicht verankern kann. Überhaupt wird Kunst viel zu oft, nein – regelmäßig von denen gemacht, die man als Schöpfer keinesfalls vermutet. Eine bittere Wahrheit, die dem Schriftsteller völlig offenbar ist; ihm ist sie nicht verborgen geblieben. Als Geschäftsmann der er *auch* ist, führt er maßgebend die Vermarktung seiner Geisteskreationen an. Nein, er gibt nicht vor, was seine Garde zu tun hat, er entscheidet lediglich, was von den ihm unterbreiteten Ideen, Plänen, Entwürfen angewendet werden soll, was umgesetzt werden soll, um das Ziel zu erreichen. Hofmann, so wird gemunkelt, zahlt seine Gardisten fürstlich; niemals noch ist aus diesem Trupp Internes nach außen gedrungen. Das ist ein Faktum, auf dessen Grundlage sich so manches mutmaßen lässt. Doch sind es nicht lose Scheine, die binden, es ist die haltungs- und idealgeknüpfte Gardeschnur, die sie wie Pech und Schwefel zusammenhält. Ähnlich wie Hannibal will auch Hofmann über die Alpen, wobei seine Hindernisse nicht Berge, sondern Ignoranz, Borniertheit, Blenderei sind.

Der sich selbst auferlegte schöpferische Anspruch ist hoch, er versucht sich aufrichtig am Unbegrenzten, trotzdem ihm die Unausweichlichkeit des Scheiterns bewusst ist. Im vom Wortfieber ausgelösten Wahn lebt er insofern asketisch, als er nur eine Handvoll Menschen in seine Nähe lässt, als er menschlichen Kontakt allgemein regelmäßig vermeidet. Wenn er auf den Knien nach seinem Canossa pilgert, sind es andere, an denen sich *seine* Schürfwunden zeigen. Mindestens einmal ist Hofmann gespalten; das macht ihn extrem, jedoch nicht psychopathisch, das macht ihn abgründig, jedoch nicht unmoralisch. Er hat seine Konfidenten, und da er nicht bestrebt ist, diese zu vermehren, ist es für andere nur zufällig möglich, sein Vertrauen zu gewinnen. Seine Fähigkeit zur Eloquenz, sein Sinn für Humor mindern – wenn – nur die Distanz der anderen zu ihm, nicht jedoch seine Distanz zu den anderen. Zeitweilig konfrontiert er sich gerne mit Menschen, auch wenn er sich nur ungern regelmäßig, geschweige denn dauerhaft mit ihnen umgibt. Konkret hat er nur für wenige persönlichen Raum, abstrakt aber lässt er alles und jeden einströmen in seine geistigen Ateliers. Er ist ein Schreibender über das menschliche Sein, einer, der Abgründe, Emotionen, Reaktionen thematisiert, obwohl – nein, eben weil – er davon nichts wirklich versteht. Sein aktuelles Drama *Albedo, ein Verhältnis der Reflexion von Licht und Menge* wird in wenigen Wochen auf den Buchmarkt gelangen.

Den präzisen Zeitpunkt hat er gemeinsam mit seiner Garde bestimmt. Nun, er ist ein Spinner, demzufolge verwundert der Ostersonntag als Termin nicht. Exakt mit Tagesbeginn, also 00:00 Uhr, wird er über seine Alpen aufbrechen. Wie gut die Garde den Weg geebnet hat und vor allem, ob es gut genug gewesen ist für das Alltägliche, das Gemeine, es wird sich ab dann bei diesem Werk zeigen.

Wie schon die Dramen zuvor wird der Autor auch dieses Werk wieder selbst inszenieren. Planungsgemäß wie üblich auf deutscher Bühne, nämlich in Ruttfelt. »Hofmannbühne« wird dieses Haus in Zweitbezeichnung mittlerweile genannt. Auf keinen Brettern sonst dürfen seine Dramen, seine Texte gespielt werden, das lässt der Schriftsteller nicht zu. Jede diesbezügliche Anfrage hat er bisher kategorisch abgelehnt. Mit nichts hat er diese Ablehnungen begründet, mit nichts hat er sie gerechtfertigt, einzig ein »Nein« hat er formuliert. Bühnenhäuser, deren Direktionen vermeinten durch das künstliche Hinstrecken der kurzen Anfrage über mehrere Seiten hinweg oder durch das gebetsmühlenartige zigseitige Anfragewiederholen bei Hofmann wohlwollendes Gehör zu finden, waren von seinem »Nein« brüskiert, erschüttert. Nicht dem Grunde und des Aussagegehaltes wegen, sondern weil dieses Wort, sein Wort »Nein« alleine stand, einzig stand. Nicht wurde dieses formulierte Wort durch verbale Bei- und/oder Nebengaben bis zur Erträglichkeit hin abgemildert. – Nein, es stand einzig und allein, weshalb es seine unerträgliche Wirkungskraft voll entfalten konnte, voll entfalten musste. Hofmann, ein Begehrter, doch letztlich ein Vielgehasster, seiner Entscheidungen wegen. Diese Fama rankt sich um ihn und ist doch nur eine von vielen, über die hier nichts Weiteres zu Papier gebracht wird.

Klar kennt auch Jamnik das Gerede, doch was ihn von anderen seiner Zunft unterscheidet, ist das Nicht-gescheitert-Sein. Er hat bisher jegliche Anfragen, jegliches Anbiedern unterlassen. Das genau und die Tatsache, dass kaum etwas schöner ist als die Zeit vor einem möglichen Untergang, geben ihm Mut, auch in ein wägbares Verderben zu laufen. Als aktueller Direktor dieser – auch international gewichtigen – Wiener Bühne *muss* er ihn gewinnen, diesen Letternklopfer, diesen Buchstabenschmierer. Wenn er ihn nicht gewinnt, steht er gleich mit den anderen. In diesem Fall wird er es ertragen können, das Gleichstehen mit all den anderen aus seiner Zunft. Was er unterlässt, ist das Schreiben eines Briefes, was er unterlässt, ist das schriftliche Antragstellen, was er tut, ist das direkte Kontaktaufnehmen. Die gewählte Festnetznummer führt ihn, erwartungsgemäß, nicht ans Wunschziel, aber diesem immerhin ein Stück weit näher. Bei der Garde ist er gelandet; bei Hofmanns Agentur für Kunstvermarktung. Dort lässt er sich nicht abwimmeln, sondern er setzt auf die Wirkung kontinuierlicher Wiederholung. Seit acht Tagen vollzieht sich zwischen Jamnik und der Garde mehrmals am Tag ein verbales Ping-Pong-Spiel, das nach folgendem Muster abläuft:

Robert Jamnik hier, ich möchte Gregor Hofmann sprechen / Das ist nicht möglich / Das soll er mir selbst sagen.
Um nicht blockiert zu werden, benützt der Theaterdi-

rektor unterschiedliche Telefone; von keinem Anschluss, von keiner Nummer hat er bisher zweimal angerufen. Diese Hofmann-Meute soll ihn kennenlernen. Seine Ausdauer bei diesem Unterfangen ist unbegrenzt, seine Nummernmöglichkeiten liegen im dreistelligen Bereich. Er kann also auf diesem Wege noch monatelang nerven. Doch schneidet ausgerechnet sein eigener Erfolg ihm diesen Weg ab. Nämlich ist es der gewünschte Gesprächspartner selbst, der ihm am Tag neun der Anrufattacken mitteilt, dass er für keinerlei Gespräche zur Verfügung steht. Selbstverständlich ist daher für ihn, Jamnik, das sofortige Einstellen seiner Anrufe bei der Garde. Nach neun Tagen sind ihm diese tagtäglichen Telefonate zum Ritual geworden; die zukünftige Unterlassung derselben tangiert ihn insofern, als sie eine Lücke in seine Gewohnheiten reißt. Nicht aber ist jetzt die Zeit, Löcher zu stopfen, vielmehr ist es Zeit, Löcher zu schlagen. Er muss ihn treffen, den Schreiber, dann besteht Hoffnung. Mit dem Trumpf in der Hand setzt er sich zum Nachdenken an seinen Schreibtisch, das Ass im Ärmel belässt er ebendort. Das hat er vor nur dann zu spielen, wenn der Trumpf des Mutes versagt oder nicht ausreichend ist.

Der Schriftsteller wird zwei Tage in der Südsteiermark sein, das entnimmt Jamnik den Kulturnachrichten. Dort soll er an einem Symposium teilnehmen zum Thema »Die Macht der Literatur. Hat die Literatur Macht«. Gut, wenn der Wortklauber dafür seine Festungen verlässt, dann, so hat der Direktor vor, wird er sich das zu Nutze machen. Da er aus dem Veranstalterkreis eine

Frau kennt, mit der er seit über zwanzig Jahren immer wieder in unterschiedlichen Kulturprojekten zusammenarbeitet, wird er sich jetzt an diese wenden. Sie schuldet ihm einen kleinen Gefallen, und Jamnik ist sich sicher, dass sie das nicht vergessen haben wird. Kurzentschlossen greift er zum Handy, wo er die Kontakte nach Isabella Pils durchsucht. Erfolgreich, er startet den Anruf durch das Drücken der maßgeblichen Taste und hofft auf sofortige persönliche Verbindung. Tatsächlich geht sein Verbindungsversuch nicht ins Leere, sondern wird die Verbindung durch Pils persönliche Entgegennahme sogleich hergestellt. Glück ist auf seiner Seite, denn nachdem drei Klingeltöne abgesetzt wurden, hört er die Stimme der Begehrten bereits. »Robert Jamnik«, haucht sie durch den Hörer, »na, wenn das nicht eine Freude ist. Erst vor kurzem habe ich an dich gedacht.«

»Schön, wenn du an mich denkst«, gibt er zurück, »hast du etwas Interessantes für mich?« Ihre Antwort darauf wartet er nicht ab, sondern erklärt ihr unverhohlen den Grund seines Anrufes. Was er begehrt, er legt es ihr dar, ohne Umschweife. Unmissverständlich drückt er aus, was er sich vorstellt, konfrontiert sie mit seinem Willen: *Er müsse Gregor Hofmann unbedingt persönlich treffen,* erklärt er, *denn habe er Wichtiges mit ihm zu besprechen, hochpersönlich Wichtiges. Es scheine ihm,* so erklärt er weiter, *das bevorstehende Symposium als geeignete, um nicht zu sagen optimale Möglichkeit dafür. Sie, die die Abläufe ja bestens kenne, müsse ihm sagen, zu welchen Zeiten, in welchen Räumlichkeiten er den Tintifax am besten, und das natürlich ganz zufällig, antreffen könne.*

»Den Tintifax?«, fragt die Gesprächspartnerin. »Herrgott ja«, schreit Jamnik, »den Schriftsteller, den Schreiberling, Hofmann eben.« Im selben Atemzug lässt er abschließend noch wissen, dass *er ein Zimmer unmittelbar neben Hofmann benötigen würde. Sie solle ihm jetzt bitte nicht sagen, Hofmann würde außerhalb des Stifts, anderswo, untergebracht sein.* Diese Befürchtung hegt Jamnik deshalb, weil er sich an einen frühen Text des Autors erinnert hat, in dem der eine Sommerliebe ebendort, in der Südsteiermark, beschrieben hat. Wer weiß denn schon, wo überall Hofmanns warmgehaltene Betten stehen hat. Er selbst, der Schreiber, hält sich über sein Privatleben seit jeher erfolgreich bedeckt, wodurch die Gerüchteküche immerfort brodelt, zeitweilig gar schlagartig aufkocht. Pils' Antwort, *sie wisse über die Abläufe im Detail nicht Bescheid und könne über Hofmanns Zimmerbuchungen oder Nichtbuchungen ad hoc nichts sagen,* bremst Jamnik nicht. Zu gut kennt er die Umstände. Pils ist mit der Kulturmanagerin des Stiftbetriebes liiert, die als solche auch die gesamte stiftseigene Gastronomie, Gästesuiten und Appartements letztverantwortet. Mit Hinweis auf den Gefallen, den sie ihm schulde, weist der Theaterdirektor Isabella Pils an, sich die notwendigen Informationen über ihre Partnerin zu besorgen. In diesem Zuge erfährt er nun von Pils' Trennung. Detailreich wird ihm die Schrecklichkeit dieses Auseinandergehens beschrieben. *In den frühen Morgenstunden,* so berichtet sie unter anderem, *wäre sie von der nunmehrigen Expartnerin hinaus in den Garten gesperrt worden. Ausgesperrt. Das bei strömendem Regen, nur mäßig warmen Frühsommertem-*

peraturen und bloß mit einer dünnen Langbluse bekleidet. *Etwa eine Stunde habe sie dort gedarbt. Erst,* so schildert sie weiter, *als sie sich bäuchlings ins Gras habe fallen lassen, habe sie wieder Einlass ins Gutshaus erhalten. Dies jedoch wäre noch eine der harmlosen Maßnahmen gewesen; was sich sonst noch abgespielt habe, das meiste davon, da sei sie sich sicher, würde man ihr nicht glauben.«*

»Doch, doch, Isabella, ich kann mir gut vorstellen, sehr gut sogar, was abgelaufen ist«, sagt Jamnik in eine Pause hinein, die die Erzählende nur deswegen zu machen scheint, weil es ihr durch das von ihr Berichtete nun kurz selbst das Wort verschlagen hat. In lebhafter Erinnerung an seine Trennungen ist ihm an diesbezüglichen Schrecken kaum etwas fremd, kaum etwas dahingehend Infames liegt außerhalb seines Vorstellungsvermögens. »Du, die wollte mich zerstören«, lässt die Kulturschaffende wissen. »Robert, ich glaube wirklich, die wollte mich zerstören.« Ton und Rhythmus, in denen sie das ausgesprochen hat, geben Raum für Mutmaßungen; offenbar ist ihr selbst der absolute Vernichtungswille der Ex erst hier und jetzt bewusst geworden.

»Also du kommst an die Informationen nicht heran, oder?«, fragt Jamnik. »Was eigentlich war der Grund für eure Trennung? Ihr habt auf mich, wenn ich euch gesehen habe, jedenfalls immer recht eingespielt gewirkt.«

»Pff, also kurz gesagt«, antwortet die Befragte, »sie hat mich in flagranti erwischt mit einer von ihren Studentinnen. Als sie draufgekommen ist, dass das bereits zwei Jahre lief, wurde sie wirklich stinkig. Einen bloßen Ausrutscher, als welchen ich ihr die Angelegenheit weismachen wollte, hätte sie mir verziehen. Und als sie dann im Zuge ihrer Recherchen, ihrer pingeligen, kleingeistigen Detektivschnüffelei noch draufgekommen ist, dass ich mit ihrer Kusine die ein oder andere Spaßstunde hatte, ist sie völlig ausgerastet. Dabei konnte ich nicht wirklich was dafür!«

»Aha. Du hast eine Langzeitaffäre und daneben wiederholten Kusinenkontakt«, stellt Jamnik spöttisch fest. »Ganz klar, dass du unschuldig bist.« Mit Zeige-, Mittel- und Ringfinger klopft er nun gegen seinen Schreibtisch; das so entstandene Geräusch untermalt er noch mit einem schrillen Pfiff im Auf- und Abwärtston. Dann lässt er alles still werden, er beendet das klopfende Fingerspiel wieder. »Kommst du an die Informationen heran, die ich brauche?«, fragt er, nachdem er dazu ohne Antwort geblieben ist, abermals. Förmlich hören kann Jamnik die Denkprozesse, die bei seiner Gesprächspartnerin daraufhin ablaufen. Die Ex, Pils weiß das nur zu gut, hat noch Sprengstoff gegen sie, gegen ihren Ruf, ihr Image in der Hand. Weil es sich nun einmal nicht entspannt über landminenverseuchte Wege ziehen lässt, plant Pils schon seit längerem die Vornahme einer Entschärfung. Taugliche Resultate haben ihre Überlegungen dazu bisher nicht gebracht, doch nimmt sie Jamniks Informationsbegehren als Omen und infolgedessen zum Anlass, den Entminungsversuch am Wochenende anzutreten. Wie genau der vonstattengehen soll, das wird sie sich eiligst überlegen, immerhin hat sie dafür, je nachdem, zwei bis drei Tage noch Zeit. »Ich werde sie dir besorgen«, antwortet sie, »Das wird mir schon irgendwie gelingen.« Nachdem Pils ihn über den Zeitpunkt der Informationsbeschaffung, also am nahenden Wochenende, in Kenntnis gesetzt hat, ist der vorab äußerst zufrieden. Gut gelaunt beendet er das Telefonat. Soll die schöne Isabella tun, was nötig ist, denn während sie das tut, kann er sich wieder voll seinen Aufgaben widmen.

Es ist Freitag, später Vormittag, als Isabella Pils in die Südsteiermark aufbricht. Problemlos hat sie ein Zimmer im Stift bekommen, nicht weiter verwunderlich, zumal die jährliche Hauptsaison dort immer erst nach Ostern beginnt und Mitte Oktober endet. Ihre Ex, Aline Kleedorfer, ist eine international bekannte Kulturschaffende. Sie ist in mehreren unterschiedlichen Bereichen zumeist erfolgreich tätig. Seit etwa zehn Jahren verantwortet sie strategisch den gesamten Kulturbereich des Stifts, aufgrund dessen hat sie ihren Hauptwohnsitz in dieses herrliche Hügelland verlegt. Im fußläufigen Nahbereich zum Stift lebt sie in einem Gutshof, den sie vom Erzbischoftum nach langwierigen Verhandlungen erworben hat. Den Hof sowie den dazugehörenden, riesigen Garten hat sie ebenso geschmackvoll wie stilgerecht von Grund auf revitalisiert. Auch auf die das Anwesen umgebende, etwa ein Meter achtzig hohe Steinmauer hat sie dabei nicht vergessen. Aline Kleedorfer erwies sich bisher bei allen ihren Vorhaben, bei all ihren Projekten als Perfektionistin; allgemein wird vermutet, dass sie auch Moralistin ist. Die unschöne Trennung liegt noch kein Jahr zurück, viel zu kurz, als dass Gras über die Sache hätte wachsen können. Gras, so weiß Isabella Pils, wird in diesem Fall zu keiner Zeit je über die Geschichte gewachsen sein. Das ist schlichtweg unmöglich dank der Ex. Niemals würde die ein Vergessen zulassen, niemals. Im Wissen darüber wird Pils Vergebung anstreben, wie genau sie das erwirken will, weiß sie noch immer nicht. Immer noch hat sie keine Idee dazu, außer die, die einzig mögliche, einfach alles auf sich zukommen zu lassen, wie es kommt. Sie redet sich ein, auf diese Art bestmöglich reagieren zu können; immer schon war der Mensch maßlos im Selbstbeschiss. – Über gemeinsame Freunde, konkret handelt es sich um einen Freund, weiß sie von Alines Anwesenheit im Gutshof an diesem Wochenende sowie in der Folgezeit. Aline ist also nicht verreist. Seit der Trennung ist nur dieser gemeinsame Freund verblieben, zumal sich alle anderen auf die eine oder die andere Seite geschlagen haben, sie haben also für Aline oder für sie, Pils, Partei ergriffen. Angekommen beim Stift, am Reiseziel, ist Pils geplantes Stegreifspiel insofern klarer, als sie nun weiß, wie sie den Einstieg in dieses eröffnen wird. Sie wird Aline die Dinge übergeben, die sie noch bei sich in der Wiener Wohnung hatte. Die gemeinsame Zeit als Paar wurde abwechselnd in Wien, in Isabella Pils' Wohnung, oder eben im Gutshaus zugebracht. Das erklärt, warum die ein oder anderen persönlichen Gegenstände versehentlich in einem der beiden Haushalte verblieben sind, obwohl man sich darauf geeinigt hatte, alles Zeug des anderen zusammenzupacken, und an einen Boten zwecks Überbringung auszuhändigen. Eine persönliche Übergabe der restlichen Dinge wird sie sich wohl erlauben dürfen, vermeint Pils, ihr Erscheinen an Alines Tor

aus eben diesem Grunde wird diese wohl nicht gegen
sie aufbringen.

Pils checkt ein. Sie begibt sich in die Suite, wo sie eine
ausgiebige Dusche nimmt. Frisch gestylt und gekleidet
streckt sie sich rücklings auf dem Sofa aus. Während
sie sich so geistig auf das Wiedersehen mit Aline vorbereitet, lässt sie den Blick über den Plafond streifen. Die
Hände sind hinter ihrem Kopf verschränkt, sie fühlt sich
wohl. Dieser Zustand pusht ihr ohnehin nicht eben kleines Selbstbewusstsein zusätzlich; damit verliert sie den
letzten Rest von Selbstobjektivität. In diesem Zustand
und mit einem ledernen Edeltrolley in Händen macht
sie sich beim letzten Tageslicht zum Anwesen auf. Dort
angekommen zieht sie die gusseiserne Türglocke gleich
dreimal, denn ist sie niemand, der anderen Möglichkeiten lässt, sie, Isabella Pils, zu überhören. Die Türe wird
von einer ihr Unbekannten geöffnet, die begrüßungslos
fragt, wer sie sei und was sie wolle.

»Isabella Pils mein Name«, antwortet sie, »Ich möchte
zu Aline. Ich muss ihr etwas zurückgeben.« Mit einer
Kopfbewegung deutet sie auf den Koffer, um der Türsteherin damit darzutun, dass das, was sie der Gutsher-
rin übergeben möchte, mit diesem Koffer – jedenfalls
irgendwie – zusammenhängt. Das wechselseitige Nicht-
begrüßen belastet die Stimmung zwischen den beiden
Frauen insofern, als jede der anderen im Stillen Arroganz
und Unhöflichkeit vorwirft.

»Das Gepäckstück können Sie mir geben«, erklärt sich
die Einlasshüterin bereit. »Frau Kleedorfer ist nicht da.«

»Das geht nicht, ich muss ihr das Ding unbedingt persönlich übergeben«, erwidert Pils. »Wann wird sie kommen?«

»Sie sollte eigentlich schon da sein«, antwortet die Befragte. Spontan händigt Pils daraufhin ihrem Gegenüber eine Visitenkarte aus, wobei sie mit aller gebotenen Höflichkeit dringend um Kleedorfers Anruf bittet: *Frau Kleedorfer solle sie bitte unbedingt anrufen. Das läge auch in deren Interesse und sei daher wichtig und höchstwahrscheinlich für die Hausherrin erfreulich.* Nun formuliert sie einen sehr höflichen, tendenziell unterwürfigen Dank sowie den Wunsch für einen schönen Abend, ehe sie sich abwendet, um ins Stift zurückzukehren. Etwas Instinktives in ihr hat ihr dieses Verhalten gegenüber der Unbekannten geboten.

Zurück in ihrer Suite ordert Pils eine Flasche Wein, selbstverständlich wählt sie die für diese Gegend typische Sorte aus. In der Minibar hat sie nichts Brauchbares für sich entdeckt, abgesehen vom italienischen Mineralwasser, das sie gedenkt zum Wein zu trinken. Ihre Abendgestaltung ist sohin klar, sie wird trinken – nein, nicht aus Destruktion – bloß zum Genuss. Sie wird auf Alines Anruf hoffen, nein, nicht bloß bekannter Gründe wegen, auch unbekannter Gründe wegen. Etwa zwei Stunden und eine zur Hälfte leergetrunkene Weinflasche später erfolgt der erhoffte Anruf, wie sich am Handydisplay ablesen lässt. Mit der Chuzpe desjenigen, der nichts mehr verlieren kann, nimmt Pils den Anruf entgegen. Mit souveräner Leichtigkeit steuert sie das Gespräch hinweg über Alines anfängliche Feindschaft hin zu völliger Entspannung. In dieser Entspannung gibt Aline Kleedorfer die Zusage, noch heute, gleich im Anschluss an das Telefonat, des Koffers wegen zu Pils in die Suite zu kommen. Wenig später klopft es an der Türe, auf die Pils eiligen Schrittes zusteuert, um sie schnellstmöglich zu öffnen.

Das Wiedersehen lässt bei beiden Erinnerungen aufkommen, seit der unschönen Trennung haben sie sich nicht mehr gesehen. Ein Raum aus Sentimentalität entsteht, ein solcher, wie er nur dann aufkommen kann, wenn – bewusste – Illusionen in der Vergangenheit geplatzt sind und irgendeiner der Illusionierenden an diesem Zeitpunkt den Klarblick um keinen Preis wollte. In einen solchen Raum hinein erklärt Isabella Pils der Expartnerin ihr Kommen, erklärt ihr die Bewandtnis des Koffers:

Trotzdem sie damals, wie vereinbart, alle persönlichen Gegenstände Alines zusammengesucht habe, habe sie doch einige Dinge übersehen oder wären diese erst später zum Vorschein gekommen, ihr erst später ins Auge gefallen. Diese Dinge, so erläutert sie weiter, *habe sie in diesen Trolley getan, den sie nun an Aline übergeben wolle. Aber nicht nur das. Nach langen, intensiven Nachdenkphasen,* so redet sie weiter, *die sie zwecks Trennungsbewältigung durchlebt habe – zweimal habe sie sich dazu für je zwölf Tage in die Einsamkeit und Abgeschiedenheit des Klosterlebens zurückgezogen, andernfalls hätte sie dieses Scheiden nicht ertragen können –, wäre ihr in der Stille dieser einsamen Nachdenkprozesse erst so richtig klar geworden, wie sehr sie versagt habe.* Die Rolle der reuigen Sünderin gefällt Pils immer mehr, weshalb sie das Vorspiel zu ihrer Vergebung hin noch weiter in die Länge zieht.

»Deine Lieblingsunterwäsche, Du weißt, ich meine die cremefarbene Corsage und den schwarzen bügellosen Body«, sagt sie, »kann ich dir aber nicht zurückgeben. Ich wollte es wirklich, Aline. – Aber ich hab es nicht geschafft, diese Stücke auch in den Koffer zu geben. Bitte entschuldige das! Und Aline, bitte«, so fleht Pils weiter, »bitte entschuldige, was ich dir, was ich uns mit meinem Verhalten angetan habe.« Was in sentimentalen Räumen wie diesem, in dem Isabella Pils und Aline Kleedorfer agieren, möglich ist, es wird sich zeigen. – An Aline Kleedorfers Antwort, an ihrem Verhalten wird es sich zeigen …

Am nächsten Morgen verfügt Pils nicht mehr über den Rückgabekoffer, außerdem verfügt sie noch nicht über die von Jamnik benötigten Ablaufinformationen. Gut, das eine wurde gewünscht, das andere lässt zu wünschen übrig. Nachdem sie ihre Morgentoilette vorgenommen hat, entdeckt sie den Folder auf ihrem Nachttisch. Aline, sie erinnert sich wieder, hat ihn ihr übergeben, als sie über die diesjährigen Veranstaltungen im Stift erzählte. Pils nimmt den Folder zur Hand, wobei sie sich auf den Bettrand setzt. Nach einer schnellen Durchsicht entfährt ihr ein freudiges: »Ja, ja, ja.« Verständlich, hält sie doch die Ablauforganisation für die Teilnehmenden der kommenden Literaturdiskussion, an der eben auch Gregor Hofmann teilnehmen wird, in Händen. Ihre südsteirische Mission ist also erfüllt, trotzdem wird sie, so wie geplant, erst am Sonntag nach Wien zurückkehren. Bis zur Abreise weiß sie sich zu beschäftigen; immerhin kann sie einigen Genüssen entgegensehen, andere Genüsse immerhin kann sie erhoffen.

Montagmittag ruft sie Jamnik an. Sie informiert ihn über den Erfolg ihres Vorhabens. *Den Folder,* so meint sie, *solle er sich rasch am besten von ihr abholen, denn in diesem sei der Ablauf detailliert mitsamt präzisen Zeitangaben festgehalten.* Jamnik ist hocherfreut, doch bittet er Pils das Informationspapier einzuscannen und auf elektronischem Wege an ihn zu übermitteln.

»Isabella«, sagt er, »ich habe echt keine Zeit im Moment. Du kannst aber sicher sein, dass ich mich bei dir melde, sobald ich Luft habe. Dann gehen wir essen ins Cherburg und saufen in die Blaue Bar, okay? Alles auf meine Rechnung – als Revanche für deine Hilfe.«

»Ja, das ist okay«, antwortet die Befragte. Nach einem Abschiedsgruß beendet sie das Telefonat. Spätestens in einer halben Stunde muss sie aus dem Haus, auch sie hat an diesem Montag einen vollen Terminkalender. Um die Jamniksache als endgültig erledigt betrachten zu können, holt sie den Folder, den sie sogleich entfaltet, um ihn in den Scanner zu legen zwecks Verarbeitung. Die Scandatei sendet sie an den Theaterdirektor, ihr Laptop ist an, ihr E-Mail-Programm ist offen. Nach dem Versenden schließt sie sämtliche offenen Programme, fährt den Laptop herunter und zieht sich Straßenkleidung über. Damit hat sie ihre Schuldigkeit gegenüber Jamnik erfüllt, nichts schuldet sie ihm mehr, sie ist unbeschwert.

Am ersten Tag des Symposiums, einem Donnerstag, findet sich auch Jamnik am Veranstaltungsort ein. Die Tagung hat bereits um 10:00 Uhr begonnen; als er im Stift eintrifft, ist es etwa 13:00 Uhr. Das festliche Begrüßungsessen, dessen Teilnahme die geladenen Gäste nicht verweigern können, ohne damit einen Fauxpas zu begehen, wird um 15:00 Uhr vorbei sein. Ab dann gibt es bis 19:00 Uhr ein Zeitfenster, das die Diskutierenden, die Sprecher, die Redner beliebig für sich nützen können. In dieser Zeitspanne wird seine Stunde schlagen, da ist sich Robert Jamnik ganz sicher. Von allen, die er kennt und die Hofmann von mehr als bloß einer Grußbegegnung, einer Schnellbegegnung her kennen, hat er sich die Persönlichkeit dieses Schriftstellers beschreiben lassen. Wie der in welchen Situationen gehandelt hat, das hat er sich berichten lassen. – Schlau geworden ist er aus diesen Berichten aber nicht. Weder brachten die Aneinanderreihungen der einzelnen Schilderungen noch die Kumulierung derselben ein Ergebnis, auf dessen Basis ein Rückschluss auf bestimmte Charaktereigenschaften oder Handlungsroutinen Hofmanns in seriöser Form möglich gewesen wäre. Zu dieser Erkenntnis ist der Theaterdirektor ausschließlich aufgrund seines Talents für Statistik fähig gewesen. Was einzig er anhand der ihm vorliegenden vierzehn Aussagen über den Schriftsteller allgemein in Erfahrung bringen konnte, ist dessen Begeisterung für Sport. Offenbar hat Gregor Hofmann dafür nicht passive Neigungen, sondern nimmt er sich regelmäßig Zeit für Aktion.

Wie auch immer, diesmal, Jamnik ist sicher, wird er ihn

stellen; diesmal lässt er den Schreiber nicht entkommen. Fünfzehn Minuten unter vier Augen wird er ihm abverlangen, Unmaß kann man ihm somit nicht vorwerfen; mit dem Argument der Übermäßigkeit wird Hofmann sich dem Direktor des Wiener Hauses nicht verweigern können. Fraglich ist dazu nur mehr das Eine: Braucht Gregor Hofmann Argumente für seine Entscheidungen? Nein – wie sein alleiniges »Nein« auf schriftlichen Anfragen und Anträgen bisher deutlich zeigte. Nein, er braucht nichts, das seine Willkür mildern könnte, er scheut vor seiner Willkür nicht zurück, ist sich trotz – möglicherweise gar wegen – seiner Willkür selber gut. Das nimmt Jamnik nicht die Zuversicht, im Gegenteil, das lässt ihn weiterhin an seinen dahingehenden Erfolg glauben. Und im Glauben, sein Zimmer neben dem des Schreibers zu haben, begibt sich der Theatermann in seine Räumlichkeiten. Zur rechten Zeit, das ist gewiss, wird er aus diesen wieder hervor in die allgemeinen Bereiche des Stifts treten.

Kurz vor 15:00 Uhr begibt sich Jamnik in die Empfangshalle, wo er sich auf einem Sessel mit Blick zur Türe des Speisesaals niederlässt. Die Medien sind gut vertreten, doch da sich viele diesbezügliche Vertreter ohnehin direkt im Geschehen befinden, warten nur wenige irgendwo außerhalb des konkreten Veranstaltungsortes. Hofmann muss durch diese Türe kommen oder im Festspeisesaal verbleiben, eine andere Möglichkeit hat er mangels weiterer Ausgänge nicht. Die Beschaffenheit der jeweiligen Stätten des Geschehens kennt Jamnik, welche Zugänge sie wo haben, das ist ihm bekannt. Mit

Räumen solcher Art nämlich kennt er sich aus; er weiß daher, was Brandschutz bedeutet, und wusste das Thema daher für sein Vorhaben zu verwenden. Er hat die Pläne eingesehen, er hat die Pläne studiert; technische Neigungen eines Theatermenschen, die Liebe zur Geometrie des Robert Jamnik.

Als die Türe aufgeht, fokussiert er den Blick dorthin. 36 Personen jedenfalls werden, wann auch immer genau, durch diese Türe kommen. Es sind dies 25 aktive Teilnehmer, also die Diskutanten, die Redner, die Sprecher, zudem die drei Veranstalter sowie die acht Vertreter der im Dachraum reichweitenstärksten Medien. Durchaus eine überschaubare Menge, eine jedoch, die nicht klein genug ist. Auch in dieser Menge kann der ein oder andere sich verlieren; auch in dieser Menge kann einem der ein oder andere verloren gehen. Verschwinden durch Aufgehen liegt generell im Bereich des Möglichen, nicht aber speziell, zumal Hofmann Masse fürchtet, ob aus diesem und/oder anderen Gründen. Jamnik ist daher nicht beunruhigt, als um 15:15 Uhr der Ersehnte noch immer nicht durch die Türe in die Halle getreten ist. Er, das weiß er genau, hat den Tintifax nicht übersehen; der, davon ist er überzeugt, wird garantiert noch kommen. – Und endlich, er kommt. Um einiges, nein Erhebliches nach der Zeit tritt der Schriftsteller aus dem Speisesaal heraus. Flankiert ist er dabei von drei Personen, zwei Männern, einer Frau, wie anhand Kleidung sowie Aufmachung eindeutig erkennbar ist. Trotzdem die Breite des Türdurchgangs das Durchschreiten nebeneinander von jedenfalls drei nicht übermäßig beleibten

Erwachsenen problemlos ermöglicht, sind die vier im dichten Gänsemarsch durch diese Raumöffnung hindurchgetreten in die Halle. Ganz selbstverständlich haben sie sich kurz vor dem Erreichen des Türbereichs umformatiert von zwei zur Rechten, eine zur Linken zu einem frauenangeführten »Einer-nach-dem-anderen«. Die Dame hat den Anzug in diesem Spiel übernommen, die (Mit-)Läufer, leicht versetzt vorne und leicht versetzt hinten, sind nachgezogen – hinter dem König. Kurz nachdem dieses Quartett solcherart in die Empfangshalle eingetreten ist, formiert es sich ebenso selbstverständlich wieder zurück ins Ursprüngliche: zwei rechts, eine links vom Schreiber.

Jamnik erkennt Timo Weiser, einen renommierten Verleger mit bekanntermaßen herausragenden Kopfrechenfertigkeiten, als einen der Hofmannbegleiter. Besseres hätte ihm kaum widerfahren können, denn er ist mit dem Schweizer befreundet, was er sich sogleich zu Nutze machen wird. Direkt steuert er auf den Freund zu, den er herzlich begrüßen möchte. Seine Wiedersehensfreude ist echt, weshalb die Umarmung, die seine Begrüßung begleitet, nicht nur authentisch, sondern auch sympathisch wirkt. Was alles Männerfreundschaften bewirken können, ist hier nicht von Belang, hier zählt nur, dass diese eine dem Fortgang eines Quartetts erfolgreich entgegenwirken kann. Denn es stoppt das Freundesgebaren auch den Dichter und dessen übrige Gefolgschaft, und doch, das ist es nicht allein:

Der offengewordene Pakt zwischen Theaterdirektor und Publizist erregt Aufmerksamkeit – auch Hofmanns.

Interessiert schaut er auf das Geschehen unmittelbar neben ihm, das bestimmte Interpretationen nahelegt, zudem Eindeutiges kundtut. Aus dem kurzen Dialog zwischen Jamnik und Weiser erfährt man, wie überrascht die beiden über ihr aktuelles Aufeinandertreffen sind; man erfährt von einer gemeinsamen Reise nach Rimini, die für den Herbst vereinbart ist. Was beide sich ansonsten zu sagen haben, wollen sie später bereden, entweder nächtens an der Bar oder morgens beim Frühstück. Jamniks Instinkt für Inszenierung hat ihn nicht getäuscht, schließlich hat er wie beabsichtigt damit die Beachtung des Schreibers gefunden. – Das zwar bloß als Figur einer sich abspielenden Szene, doch immerhin als Figur. Durch gezielte Zuwendung findet er direkten Blickkontakt mit Hofmann, und bestärkt davon wird er auch verbal direkt. Ohne Zögern, ohne Umschweife, beinahe skrupellos sagt er: »Haben Sie fünfzehn Minuten unter vier Augen für mich?«

»Zwei unter vier«, antwortet der Angesprochene, dessen Zugeständnis nicht spontan erfolgt ist. Durchaus überlegt hat Hofmann sich zu einem Entgegenkommen entschlossen. – Denn wenn er einer Verneinung wegen in Diskussionen verstrickt wird, ist eines sicher:

Unter zehn Augen erstrecken sich zwei Minuten ins Ungewisse. Zeit ist ihm heilig, dem Dichter, und doch, nicht sie selbst ist es, sondern das Mögliche, das in ihr liegt. Um die Nichtverhandelbarkeit dieses Entgegenkommens zu unterstreichen, zieht er den rechten Arm über Bauchhöhe, wo er mit revolverähnlich gestrecktem Zeige- und Mittelfinger nach links deutet. Es gibt keinen

Verhandlungsspielraum für Jamnik; ihm bleibt nur das Treffen einer Entscheidung.

»Dann gehen wir«, meint er, wobei er körpernahe vorbei am Schreiber auf den Platz zusteuert, den er für die Unterredung soeben ins Auge gefasst hat. Dicht hinterher kommt ihm der Autor, ohne Widerworte, widerstandslos. Nachdem beide sich perfekt bewegungssynchron auf dem Zweiersofa niedergelassen haben, wenden sie sich, ebenso synchron, einander zu. Die Knie ihrer geschlossenen Beine streifen sich dabei, und doch weicht keiner zurück. Aus der Innentasche seines Sakkos bringt Hofmann ein Handy hervor, das er nun auf zwei Minuten stellt und zwischen sich und Jamnik auf das Sofa legt.

»Ab jetzt sind es zwei Minuten«, erklärt er. Mittels Drückens der Starttaste löst er dabei den angekündigten Lauf der Zeit aus. Mit diesem Start beginnt Jamnik seine Bitte vorzutragen: »Lassen Sie mich Ihr neues Drama am Wiener Theater spielen. Lassen Sie mich das neue Stück inszenieren. Mein Theaterhaus, Sie wissen es, hat internationale Bedeutung, ein Gespieltwerden dort kann Ihnen also nicht schaden. Ihnen kann damit nichts Schlechtes widerfahren.«

»Das kommt auf die Inszenierung an«, antwortet der andere, »wenn die minderwertig oder gar Vollschrott ist, zerstört mir das meinen Ruf als Regisseur ganz sicher. Auswahlverschulden sag ich nur. Ganz leicht auch möglich, dass in solchem Fall das Stück per se als ruiniert, im Sinne von durchgefallen, zu betrachten ist.«

Das, so gibt sich Jamnik überzeugt, *könne nicht sein. Er würde nämlich seine Vorstellungen mit denen Hofmanns*

abstimmen, dieser wäre maßgeblich in die Produktion ein-
gebunden, wenn er das wolle. Den Körper des anderen
spürend fällt es Hofmann schwer, sich ganz dem Gespräch zu widmen. Er, der sonst so Berührungsfeind-
selige, der Distanzdominierte, der Distanzschaffende
empfindet die Dauerberührung mit dem Theatermann
als angenehm. In diesem trefflichen Gefühl kommen
Wünsche in ihm auf, nämlich solche nach Ausschließ-
lichkeit.

»Warum sollte ich ausgerechnet dieses Drama fremd-
inszenieren lassen?«, sagt er, »Ich sehe für mich darin
keinerlei Nutzen.« Das Gespräch nervt ihn, weil seine
Wünsche daran zerschellen. Er ist froh, die Signale des
abgelaufenen Timers zu vernehmen. »So. Nichts geht
mehr, die Zeit ist abgelaufen«, ruft er.

Zur Überraschung Jamniks springt der Dramatiker
nicht sofort auf, nein, er bleibt wortlos an Jamnik, zumal auch der bewegungslos an der Verbindungsstelle verbleibt. In diesem wortlosen Berühren könnte Hofmann,
er fühlt es, abdriften. Ja, abdriften, das genau erscheint
ihm als das richtige Wort. Abdriften könnte er, wo auch
immer hin, von wo auch immer her. Er, der Schreiber,
der Beschreiber, beobachtet sich selbst aufmerksam in
diesem Geschehen. Ihm entgeht nicht die nach wenigen
Sekunden Schweigens eingetretene Atemgleichheit mit
dem anderen, ihm entgeht nicht die gemeinsame Ent-
schleunigung. Sehr lange könnte er so jetzt verweilen,
mit diesem Fremden, in seinem Befremden. Ja sehr lange
wollte er so verweilen, weshalb die Ewigkeit Hofmann
als einer der Orte erscheint, wohin er nun abzudriften

wünschte. Aktuell ist Hofmann nicht verstandesgeleitet, doch immer noch verstandesbegleitet. – Was um ihn herum geschieht, er nimmt es wahr, er bemerkt es, er interpretiert es, fast automatisch analysiert er es. Nach 51 Sekunden stiller Berührung entzieht er sich den neugierigen, den überraschten, den ungläubigen, den verwunderten Blicken seiner auf ihn wartenden Begleiter. Das Grüppchen steht, in einiger Entfernung zu ihm, dort wo er es zum Zwecke dieser zweiminütigen Unterredung verlassen hat. Zwar mit Abstand, doch ohne Diskretion beobachten die zurückgelassenen Wartenden das Geschehen zwischen Hofmann und Jamnik, dem der Schriftsteller sich nun, indem er beiseite weicht, ein Ende setzt. Mit dem Zurückziehen seines Knies klickt Hofmann sich aus seinem Zustand; bedächtig sind dabei seine Bewegungen. Erst als er zu seinen Begleitern zurückgeht, findet er in ein übliches, damit unauffälliges Tempo hinein.

Als Hofmann mit seinem Trupp, zwei rechts, eine links, durch die restliche Empfangshalle weiter in Richtung Entree schreitet, sitzt Jamnik noch am Sofa. Während er dem aus seinem Sichtfeld verschwindenden Hofmanngrüppchen nachblickt, holt er Zigarillos aus der Jackentasche. Es sind, nicht überraschend, Cohiba, wie Farbe und Form der Verpackung erkennen lassen. Nach einem flüchtigen Blick in die Schachtel erhebt er sich. Mit der gelben Packung in der Hand geht jetzt auch Jamnik davon; er hat die Absicht, irgendwo draußen in den schönen Grünanlagen des Stifts rauchend eine kleine Weile in der herrlich warmen Frühlingsluft zu verbringen. Beim Genießen von Sonne und Tabak wird er sich überlegen, was konkret es ist, das ihm seit dem Intermezzo mit Hofmann zu denken gibt.

Um 22:47 Uhr nimmt Timo Weiser neben seinem Freund an der Bar Platz. Damit hat er ein Aufkommen von Groll bei Jamnik in letzter Minute verhindert. Pünktlichkeit, wie jeder, der den Verleger kennt, weiß, liegt ihm nicht. Tagtäglich scheitert er in seinem Bemühen, die vereinbarte Zeit einzuhalten. Obgleich sonst beinahe militärisch diszipliniert, gelingt ihm eine Zeitverlässlichkeit nicht. Nein, bei ihm handelt es sich niemals bloß um wenige Minuten des Zuspätkommens, auch das akademische Viertel gereicht ihm meistens nicht. Häufig ist seine Zeit zufallsbestimmt, obgleich er nichts dem Zufall überlassen möchte. Das akribische Führen seiner Kalender, eines herkömmlichen, eines elektronischen, bringt nur den Erfolg, dass er im Laufe eines Tages bisher noch auf keinen Termin gänzlich vergessen hat. Timo Weiser, der begnadete Kopfrechner und angesehene Publizist, liebt die Pünktlichkeit so leidenschaftlich unglücklich, wie dies nur ein Zurückgewiesener zu tun vermag.

Zur Einhaltung seiner Geschäftstermine hat er einen jungen Mann engagiert. Dieser soll Weiser zeitgerecht an bevorstehende Termine erinnern, deshalb und aufgrund auch seines Aussehens wird er von der Belegschaft des Züricher Büros nur »Zeitgeist« genannt. Keiner dort würde ihn unter Moritz Fallach kennen. Tatsächlich fungiert der Jüngling als eine Art weißes Kaninchen im Wunderland. Ebenso wie dieses ist er immer hinten nach, hetzt er immer hinterher. Termine im Züricher Bürogebäude dürfen erst punktgenau zu der Zeit an Weiser gemeldet werden, zu der sie festgesetzt sind. Immer noch nämlich hofft der Publizist auf die eigene Fähigkeit zur Zeiteinhaltung, auch wenn er sich bisher bei ausnahmslos jedem Versuch als unfähig erwiesen hat. Termine außerhalb des Bürogebäudes dürfen *vor* dem Stattfinden in Erinnerung gebracht werden, wie viel vorher, das hat Weiser zuvor anhand örtlicher Lage, Wochentag, Terminbeginn und dem sich aus diesen drei Komponenten zu erwartenden durchschnittlichen Verkehrsaufkommen ermittelt. Mit diesen Methoden schafft es der Medienmann, die Unpünktlichkeit bei Geschäftsterminen auf maximal 33 Minuten zu begrenzen. Eben aufgrund seines, wie er selbst es nennt, »Zeitdefekts« reist Weiser vorzugsweise individuell. Im gehobenen Mittelklassewagen lässt er sich, erdgasbetrieben, von seiner Chauffeurin durch Europa fahren. Nur dann, wenn eine solche Autofahrt als ineffizient bewertet werden muss, nimmt er die Bahn oder, wenn unausweichlich, das Flugzeug.

Damit er diese Verkehrsmittel zur gebotenen Zeit auch tatsächlich erreicht, müssen ihn zwei eigens dafür Beschäftigte eskortieren. Zwölf Stunden vor Abfahrt oder Abflug haben sie sich bei Weiser einzufinden, und nicht mehr dürfen sie von seiner Seite weichen, da es deren Aufgabe ist, ihn erfolgreich, also zeitgerecht, ins gebuchte Verkehrsmittel zu bringen. Das ist der Grund, weshalb der Geschäftsmann auf Bahn- oder Flugreisen stets von jedenfalls zwei Personen eskortiert ist. Für Privattermine gibt es keine Hilfestellung; hier möchte sich der Unternehmer – trotz regelmäßigen, teils massiven Scheiterns – weiterhin üben. Pünktlichkeitsetüden, so nennt der musikalische Kopfrechenmeister seine dahingehenden Übungsversuche.

Wer mit Timo Weiser bloß einen nicht eindeutig geschäftlichen Termin hat, der braucht Toleranz und Ausdauer im Übermaß. Nun, Jamnik hat es gut getroffen mit den bloß 47 Minuten Wartedauer.

»Du bist ja richtig zeitnah«, antwortet er auf Weisers Begrüßung; seine Gereiztheit ist unüberhörbar. »Ich schlage den üblichen Ablasshandel vor«, entgegnet ihm der Schweizer. »Also die Rechnung geht an mich.« Ja, das ist des Publizisten Buße, damit kann ihm Vergebung nicht dauerhaft verwehrt bleiben.

Die Freunde unterhalten sich köstlich; ihr herzhaftes Lachen ist unüberhörbar, Wein fließt in Strömen, die Stunden verfliegen. Man redet über alles und nichts, und so erfährt Jamnik ganz nebenbei, dass Hofmann für morgen Nachmittag eine mehrstündige Trainingsfahrt auf seinem Speeder geplant hat. Per Rad also zieht es den Dichter über die schmalen Straßen dieses weinbewachsenen Hügellandes. »Weißt du, ob er alleine radeln will oder in Begleitung wieder irgendeines Trupps, einer Garde, einer Meute?«, erkundigt sich Jamnik beim Freund. Dieser antwortet, wahrscheinlich der fortgeschrittenen Stunde sowie der intushabenden Alkoholmengen wegen, in langsamstem, jedoch allgemein verständlichem Schwyzerdütsch: »Nein, das weiß ich nicht. Nachdem der aber bei all seinen Sportarten gerne auf Tempo macht, wird er, fast sicher, alleine fahren. Der fährt ein flottes Tempo auf dem Velo.« Um keinen falschen Vorstellungen anheimzufallen, informiert Jamnik sich weiter zur Radtour. *Habe er recht verstanden, Hofmann fährt Straßenrad,* will er wissen. *Der Sportbegeisterte wäre also kein Biker, der direkt über Wiesen, Wälder, Almen und sonst noch was fährt.* Der Freund bestätigt die Richtigkeit der Ahnungen, womit für Jamnik klar wird, wie er seinen Plan, die Aufführungs- und Inszenierungserlaubnis für das Hofmanndrama zu erwirken, weiter umsetzen wird.

Tags darauf, am Donnerstag, wartet Jamnik mit Beginn der nachmittäglichen veranstaltungsfreien Zeitspanne einmal mehr auf Gregor Hofmann. Diesmal sitzt er in seinem Wagen, den er auf dem kleinen Parkplatz am Fuße des Stifthügels, also unterhalb des Stifts, abgestellt hat. Die kurze steile Zufahrtsstraße hinauf zum prächtigen Gebäude wird der radfahrende Dichter hinabfahren, wenn er seine Tour beginnt. – Und da, der Theaterdirektor hat die sich am Beginn seines Wartens angesteckte Cohiba noch nicht zu Ende geraucht, sieht er den sportlichen Schriftsteller durch den kleinen Eingang, der im großen Stiftstor integriert ist, kommen. Ein weißes Rad schiebt er neben sich her; er trägt kurze schwarze Radhosen und langärmelige, ebenso schwarze Oberkörperbekleidung. Auf der enganliegenden Jacke sind reflektierende Streifen aufgebracht, auf den Sohlen der schwarz-weißen Radschuhe befinden sich, dem Gang nach zu schließen, Haken für Klickis. Der Helm ist stylisch designt und, soweit dies auf eine etwa 150-Meter-Entfernung erkennbar ist, in grünlichen Farbtönen gehalten. Dieser Farbklecks am Haupt des Schriftstellers kommt für den Wartenden unverhofft; Grün hätte er dort nicht erwartet. Überhaupt, so stellt er fest, hätte er farbliche Buntheit kleidungs- wie accessoiremäßig bei Hofmann nicht vermutet.

Wohl weil die Zufahrtsstraße sehr steil ist und man, vom Stift her gesehen, am Ende derselben verkehrsbedingt jedenfalls stehenbleiben muss, geht Hofmann mitsamt dem Rad die Zufahrt hinunter. Diese mündet in die Ortsstraße ein, die einigermaßen frequentiert und von hier aus schlecht einsehbar ist. Der kleine Parkplatz, von dem aus Jamnik in seinem Wagen den Dramatiker beobachtet, liegt vis-a-vis. Durch diese Entfernung und im Schutz von Ästen und Schatten eines riesigen Lindenbaumes kann er, wenn auch vielleicht nicht ganz unbemerkt, so jedenfalls aber unerkannt, die Vorgänge verfolgen.

Unten angelangt steigt Hofmann nun aufs Rad. Nachdem er sich vergewissert hat, dass kein Fahrzeug anrollt, tritt er an; er lenkt den Speeder nach rechts in die Ortsverbindungsstraße hinein, wobei er sich in die Pedale einhängt. – Und schon braust er davon. Jamnik wird ihm in einigem Abstand hinterherfolgen, mit dem Ziel zu sehen, wo der Dichter abbiegt in die schmalen Fahrwege, die diese Weinbergweiten durchziehen.

Wie aus kurzer Distanz deutlich erkennbar war, ist der Helm des Schreibers als Wassermelone gestaltet. Anhand mittel- und gelbgrüner Farbstreifen ist die Schale dieser Frucht naturgetreu dargestellt. Jamnik ist amüsiert, der kreative Helm hat eine Tendenz ins Lächerliche. Um den Radler, der aus dem Blickfeld gefahren ist, nicht irgendwo zu verlieren, startet er den Wagen. Er nimmt die Verfolgung auf. Sehr bald schon sieht er den Sportlichen vor sich herfahren; er wird ihm in größtmöglicher Entfernung hinterherfahren. Als der Verfolgte von der Orts- und Verbindungsstraße weg in einen Weinbergfahrweg abbiegt, tut Jamnik es ihm gleich. In größtmöglicher Entfernung fährt er, sein Ziel vor Augen habend, über die Weinhügel hinter dem Dramatiker her. Dann endlich schließt er zum Dichter auf. Auf gleicher Höhe mit diesem öffnet er die Fenster der Beifahrerseite; auf gleicher Höhe wird er bis auf weiteres den Dichter nun bei dieser Radfahrt begleiten. Minutenlang bleibt er solcherart gleichauf, nur beim seltenen Gegenverkehr oder überholungswilligen Nachkommenden lässt er den Wagen zurückfallen *hinter* den Pedaletretenden. Als dem endlich die Geduld abhandengekommen ist, plärrt er durch das Beifahrerfenster hinein ins Fahrzeug: »Verdammt! Verdammt nochmal, was soll diese Scheiße?«

»Hier Robert Jamnik«, ruft der Wagenlenker, »Hofmann, ich muss nochmals mit Ihnen reden.« Vom Angesprochenen kommt keine Reaktion; in gleichbleibend flottem Tempo radelt er weiter. »Bitte, Hofmann!« schreit Jamnik nach einiger Zeit abermals aus dem Auto heraus. Keine Nuance Unsicherheit liegt in seiner Stimme, in diesem Bitten liegt kein Drängen, liegt kein Flehen; in dieser Bitte liegt ein Appell, und den genau hat Hofmann nebst dem Inhalt auch so gehört. Obwohl er wohlwollend gestimmt ist, zeigt er sich unbeeindruckt;

unbeirrt setzt er die Tour fort. Die Beharrlichkeit, mit der dieser Theatermensch ihn zum Zwecke seiner Zielerreichung verfolgt, imponiert ihm. Irgendetwas an diesem Kerl liegt ihm, das er nicht unbedingt ergründen will. Nicht immer muss er alles genau wissen, das ist ein Lebenscredo des Dichters, der grundsätzlich geneigt ist, auch in *den* Niederungen und Untiefen zu schürfen, aus denen er, wie Intuition und Instinkt vermuten lassen, nicht wieder mit heiler Haut herauskommen wird. Ja, Hofmann wurde älter, gewiss – aber klüger ist er dabei nicht wesentlich geworden …

Als nach kurzer Zeit ein betont langsam gesprochenes »Bitte« aus dem Fahrzeug dringt, ist der Radler zu einer Unterbrechung seines Trips bereit. Er ruft dem Wagenlenker zu: »In ungefähr drei Kilometern gebe ich zeitgerecht ein Handzeichen. Wir biegen dann links und dann, nach einem kurzen Stück, nochmals links ab.«

Jetzt ist die Zeit des Folgens, und Jamnik wird folgen, nichts weiter. Solcherart durch die Landschaft gelenkt kommen Dichter und Direktor ans Ende einer Sackgasse. Dort, halbkreisumgeben von sechs riesigen Bäumen befinden sich zwei würfelartig gestaltete Steinblöcke, daneben, aus dem gleichen Material, nur zum Teil größer als die Würfel, ein Quader, eine Kugel, eine Pyramide. Sein Rad lehnt Hofmann an einen der Würfel, dann hievt er sich auf eben diesen. Lasziv streckt er den Rücken auf die warme, weil sonnenbeschienene Würfelseite hin. »Also, Robert Jamnik, reden Sie«, gebietet der Dramatiker. – Und Jamnik redet. Schnell und pausenlos redet er, zum einen, um das zu bekommen, was er will, zum anderen, um das, was er will, *nicht* zu bekommen. In Nahdistanz steht er vor dem hingestreckten Schreiber, dessen Radhose nichts verborgen lässt, dessen Sonnenbrille keinen Einblick ins Dahinterliegende gewährt. Aus dieser Nahdistanz redet er unaufhörlich, bis er verstummt. Dann bleibt er lange wortlos …

»Unter gewissen Bedingungen kann ich mir vorstellen, das Drama unter Ihrer Regie an Ihrem Haus spielen zu lassen«, meint der Liegende ohne sonstige Regung. »Was immer Sie wollen, Hofmann«, antwortet der Angesprochene, »Also, was wollen Sie?« Unbewegt in seiner Position verbleibend eröffnet der Schriftsteller die Bedingungen. Drei sind es an der Zahl. *Nämlich erstens dürfe das Stück ausschließlich achtmal am Haus aufgeführt werden, die Premiere müsse dieses Jahr im November sein. Weiters, zweitens, wäre die Hauptrolle mit Anna Brehm zu besetzen und* – mit einer imperialistischen, unmissverständlichen Handgeste gebietet der Dichter dem vor ihm Stehenden Schweigen – *zuletzt, drittens, müsse Brehm Gestaltungsfreiheit haben. Im Falle unüberbrückbarer Auffassungsdifferenzen würde sie die Rolle nach ihren Vorstellungen spielen können, ganz nach ihren Vorstellungen.*

Nachdem einige Sekunden wortlos vergangen sind, ist Jamnik sicher, dass *er* nun an der Reihe ist. *Die Besetzung der Hauptrolle mit Brehm,* so lässt er vernehmen, *würde ihn nicht eben freuen, doch wisse auch er, wie sehr Hofmann die Schauspielerin schätze. Daher könne diese Bedingung, ebenso wie die erste, als erfüllt betrachtet werden. Und gut,* so redet er weiter, *auch aus seiner Sicht wäre Brehm eine echte Könnerin in puncto Darstellungs-*

kunst, jedoch – er sehe das so – habe sie keine Innovation. Zugegeben, er würde sie einfach nicht mögen. Er, so bekennt er dem anderen offen, *halte sie für eine weinerliche Mimose, deren Stimmungsschwankungen ihm den Nerv rauben würden. Aber gut, wie gesagt, Bedingung eins und zwei könne Hofmann als erfüllt betrachten.*

Nach einem kurzen Innehalten kommt Jamnik zum verhängnisvollen Drittens des Dramatikers, also zu dessen Forderung nach Brehms absoluter Rollenfreiheit. Weil er die richtigen Worte bei diesem Thema gar nicht finden *kann*, spricht er unüberlegt los: *Brehm würde selbstverständlich Gestaltungsspielraum haben. Die Letztentscheidung müsse aber bei ihm bleiben. Bei Auffassungsdifferenzen müsse sie sich nach ihm richten; in diesem Fall habe sie seinen Direktiven Folge zu leisten.*

Jetzt richtet sich der Dramatiker auf, er hebt den Oberkörper ganz vom Stein ab. Keine Armlänge entfernt ist er nun vom Theatermann, dessen Gesicht er direkt vor dem seinen hat. »Robert, Sie haben keine Wahl«, macht der Autor deutlich, »ich habe keine Bitten formuliert.«

»Gregor, das weiß ich«, gibt der Belehrte zurück, »allerdings hoffe ich auf Ihr Verständnis, weil Sie selbst ein anerkannter Inszenierender sind.«

»Mit Verständnis kann ich Ihnen hier nicht dienen«, antwortet Hofmann, »Wenn Sie mein Stück wie besprochen haben wollen, dann schicken Sie mir bis längstens Freitag in einer Woche den Vertrag. Kurz, bündig, auf das Wesentliche beschränkt. Keine unnützen Verbreiterungen. – Und – absolutes Stillschweigen wird vereinbart. Nichts von alledem dringt an Dritte! Nichts über die Verhandlungen, nichts über die Vereinbarungen. Absolutes Stillschweigen! Bei Strafe und Zerfall!«

»Also gut«, meint Jamnik, »aber eine Frage habe ich noch. »Womit, Gregor, würden Sie mir hier denn dienen können?«

Kapitel 4

Die Verbindung

Für die Fertigstellung des aktuellen Dramas hat sich Hofmann bereits vor einigen Monaten in seinem Anwesen ziemlich abgeschirmt; nur vereinzelt und ausnahmsweise empfängt er Besuche. Mit ihm ist seine Frau, mit der ihn zwar Liebe, nicht aber ein juristisches Band vereint. Über zehn Jahre schon sind die beiden ein Paar; unbemerkt von Presse und Medien ist das der Kunst- und Kulturbranche verborgen geblieben. Die Bemühungen um Geheimhaltung der Verbindung waren bisher erfolgreich, nur engste Freunde wissen um diese Liebesbeziehung. Lebensmenschen sind sie füreinander, wechselseitig definieren sie sich als solche, trotzdem sie einander von Zeit zu Zeit nicht ertragen können … Ihr Zusammenleben ist nicht ununterbrochen, meist aber langzeitig und ganz prinzipiell dauerhaft.

Zu Hofmanns Marotten gehört, unter anderem, die, sich während des Schreibeprozesses mit Bildern zu umgeben, die wenig Schönes, wenig Angenehmes darstellen, demzufolge also nichts Positives ausstrahlen. Eben deshalb legt der Dramatiker *insbesondere* bei *diesen* Werken auf Ästhetik wert. Nicht hängt er sich irgendetwas, irgendeinen an die Wand, nein, ein von ihm *und* der Kunstwelt höchstgeschätzter Zeichner oder Maler muss es sein. Gedanklich schwebt ihm bereits einer vor, dessen Radierung ihn jetzt, wo er bereits am letzten Teil des Dramas hin zum Ende schreibt, noch zusätzlich beflügeln könnte. Die Darstellung, die er im Kopf hat, weist kein großes Ausmaß auf, gut möglich daher, dass er deren Auswirkung mit einem oder mehreren weiteren Abbildern verstärken lässt. An diesem Wohnort pflegt Hofmann auch einen minimalistischen Stil, da es sich hier jedoch um ein Landhaus handelt, hat er nicht *allzu* karg, nicht *allzu* schmucklos eingerichtet. – Immerhin zieren beispielsweise den ausladenden Wohnsalon zwei, auch größenmäßig, beeindruckende Gemälde seines Lieblingsmalers. Sie haben dort einen Fixplatz, obschon sie nicht in *klassischer* Weise den Wänden anheimgegeben sind.

Schon seit Jahren kauft Hofmann immer wieder Kunstwerke, die er mit Bedacht, aus unterschiedlichen Überlegungen heraus, auswählt. Seine Freundschaft zu Tine Tippe ist demnach nicht verwunderlich. Sie ist eine ebenso eigenwillige wie verständige Kunsthändlerin. Ihr Gefühl für Talente, ihre Intuition für Möglichkeiten sind die Grundelemente ihres Erfolgs. Neben etablierten Größen führt sie auch andere, teils völlig unbekannte Künstler. Alles sind sie Könner, das ist ihnen allen gemeinsam.

Ja, Hofmann will jetzt Bilder, deren Anblick ihm nur mit Anstrengung länger erträglich sind; er will Bilder, die Unbehaglichkeit in ihm auslösen. Entschlossen ehest bald an das Gewollte zu kommen, ruft er die Vertraute in Sachen Kunst an. Er beschreibt Tine Tippe, was er benötigt, und schildert ihr seine Vorstellungen. Nicht nur, weil die Angerufene generell geschwätzig ist, dauert das Telefonat Stunden, auch aufgrund ihrer grenzenlosen Neugier sowie eines Faibles für Komplizierung braucht man Zeit und Geduld in diesem Umgang. *Sie wisse*, so bestätigt sie Hofmann, *ganz genau, was er brauche. Gerne käme sie daher übermorgen mit der Radierung vorbei. Sie, so spricht die Galeristin weiter, werde auch einige andere Bilder mithaben; zugleich werde sie für die professionelle Aufhängung sorgen. Ein Bild müsse perfekt inszeniert hängen, das wäre dem Kunstwerk geschuldet.*

Als die Kunsthändlerin zwei Tage später an Hofmanns Tür läutet, steht der Schriftsteller nach einem Lauf unter der Dusche. Tippes Unpünktlichkeit wegen wurde die Ankunftszeit nicht fixiert, sondern durch die Einigung auf »im Laufe des Nachmittags« weitestgehend der Willkür der Besucherin überlassen. Klar war damit eines: In Erfüllung eines Naturgesetzes würde die Tippe jedenfalls zum ungelegenen Zeitpunkt aufkreuzen …

Nachdem sie ein zweites Mal heftig geläutet hat, wird die Türe geöffnet, nicht jedoch vom Schriftsteller, sondern von seiner Gefährtin. »Wer sind Sie?«, fragt die Kunsthändlerin, die gegenüber ihr unbekannten Menschen ein heftiges Misstrauen hegt. Dieses Misstrauen äußert sich auf unterschiedliche Weise, abhängig von Ort, Personen, Zeit, Befindlichkeit; *vor allem* von der Befindlichkeit.

Als Liebhaberin generell von Verschwörungstheorien mutmaßt sie Konspiratives beinahe überall, den Feind sieht sie im Unbekannten, gegen den potenziellen Angriff ist sie stets gewappnet. Tine Tippe, eine Konstante am Kunstmarkt, eine Größe im Wähnen von Komplotten und Machenschaften. »Wer sind Sie?«, will sie abermals von derjenigen wissen, die ihr die Türe geöffnet hat und die nun inmitten des Eingangs steht. Amazonengleich steht sie dort aufgerichtet, nicht bereit den Einlass einfach freizugeben, sondern diesen, wenn notwendig, gegen die vor ihr Stehenden zu verteidigen.

»Wer sind *Sie*?«, antwortet die Türsteherin. Ihre Stimme ist schrill, knapp davor sich zu überschlagen; beides Indizien einer Empörung, die nicht nur aus Tippes Fragen resultiert, sondern auch aus dem Auftritt der vor ihr stehenden zwei Gestalten überhaupt. Die nicht übermäßig große Kunsthändlerin ist eingehüllt in einen langen, steingrauen Kapuzenumhang, der nur knapp nicht am Boden streift. Auf dem Kopf trägt sie die Kapuze, die ihr Gesicht umrandet, auf der rechten Brust hat der Umhang ein schwarzes, unübersehbar großes Kreuz aufgenäht. Hinter Tippe, leicht seitlich versetzt, steht ein knapp zwei Meter großer Hüne, der vor sich, durch Arme und Hände an den Oberkörper gedrückt, mehrere unterschiedlich große Zeichnungstransportrollen trägt. Unübersehbar muss er sich einigermaßen anstrengen, um die Rollen nicht unbeabsichtigterweise zu Boden fallen zu lassen. Man sieht ihm ganz deutlich die Mühen an, verkrampft wirken Gesicht und Körper. Der Parka, den er trägt, ist beinahe farbidentisch mit dem Kapuzenumhang seiner Begleiterin; aus seinen Jeans ragen schwarze, derbe Schnürschuhe im Stile einer englischen Kultmarke hervor. Dem Ausmaß dieser Schuhe nach zu schließen, muss es sich um Maßfertigung handeln.

Skurril wirken die beiden Eintritt Begehrenden in ihrer Gemeinsamkeit, obschon Tippes alleiniger Anblick in dieser Kreuzritter-Ku-Klux-Klan-artigen Aufmachung bizarr ist.

»Noch einmal, wer sind Sie?« fragt die Galeristin, in deren Stimme ein Drohen mitschwingt. Instinktiv begreift die Fragebedrohte die Gefährdungslage; das Wiederholen ihrer Gegenfrage, sie weiß es, würde höchstwahrscheinlich zur Eskalation führen. Also entscheidet sie sich zu antworten und danach erst die Gegenfrage erneut zu stellen. Für diese kapuzenumhanggehüllte Seltsame sollte das geplante Vorgehen akzeptierbar sein, wenngleich es unvorsichtig, ja geradezu fahrlässig erschiene, gänzlich Zurechnungsfähigkeit bei dieser anzunehmen. – Immerhin, die rätselhafte Unbekannte würde die gewünschten Informationen erhalten und daher dann zwecks Erfüllung weiterer Wünsche ihrerseits wohl auch bereit sein die Identität offenzulegen.

»Anna Brehm mein Name«, teilt die Hüterin des Einlasses nun mit; dann formuliert auch *sie*, was sie von ihrem Gegenüber zu wissen begehrt. »Bitte, wer sind Sie, und was wollen Sie«, erkundigt sich nun die Schauspielerin, die das in der Anfrage verwendete »Bitte« nicht aus überzeugter Höflichkeit, sondern als eine Art Tarnung verwendet hat. – Ihrem Identifikationsbegehren soll damit das Fordernde augenscheinlich genommen werden. Beim Sprechen der Anfrage setzt Brehm ganz gezielt ihre Stimme ein. Die Sprechprofessionalität ermöglicht ihr vieles, sie vermag Rhythmus und Tonfall so einzusetzen, wie sie es eben tut, nämlich ausgewogen zwischen Dominanz und Zurückhaltung, zwischen bedächtig und leichthin.

Durch das Glas ihrer markanten Brille mustert Tippe jetzt die Auskunftsgeberin. Von welchen Befindlichkeiten sie aktuell erfasst ist, lässt sich durch nichts einschätzen, denn spricht sie nicht, sondern steht sie ausdrucks- und regungslos noch genau dort, wo sie bisher schon gestanden ist, nämlich ein kleines Stück weit vor der Türschwelle. Damit liegt eine ungefähr Eineinhalb-Meter-Distanz zwischen ihr und der Dame des Hauses, die im Inneren des Gebäudes vor der Türschwelle steht. Es scheint, als ob die Kunstkundige Gedanken- und Gefühlswelten der Schauspielerin magnetresonanzmäßig screenen würde, nachvollziehbar daher das sich verstärkende Unbehagen bei Anna Brehm. Schon will diese die Türe zuschlagen, um sie dann umgehend zu verriegeln, danach die Sicherheitsvorkehrungen des Anwesens zu aktivieren und zuletzt die Polizei zu rufen, da kommt Tippe in Fahrt. Ihre bisher in den Taschen des dubiosen Umhangs verborgen gehaltenen Hände bringt sie jetzt zum Vorschein. Langsam zieht sie diese auf Brusthöhe heran, wo sie sie, rechte Hand über linker, mittig ablegt. Hierdurch erhält sie ein Flair Frömmigkeit, nicht jedoch auch ein Flair Harmlosigkeit.

»Ich will zu Gregor Hofmann«, sagt sie im *Befehlston,* und als ob sie verspürt habe, dass sich damit sogleich das Tor verschließen würde, fügt sie, in ganz sanftem Ton, noch erläuternd hinzu, »Er erwartet mich. Ich bin angekündigt.«

Diese Aussage kann richtig sein oder auch falsch; in Entscheidung unter Unsicherheit konzediert Brehm der Behauptung Zuverlässigkeit. Sie kennt Hofmann gut genug, um von seinem Hang für Kauziges zu wissen; immerhin ist er selbst einigermaßen spleenig. Die Einlass begehrende Erscheinung kann sie sich daher durchaus seinem Personenkreis zugehörig vorstellen.

Brehm bemerkt, wie selbstverständlich sie in Anlehnung an diesen Schreiber das Wort Personenkreis dort verwendet hat, wo andere üblicherweise von Freundes- oder Bekanntenkreis sprechen. – Ja, bestimmte seiner Wortschöpfungen, bestimmte seiner Wortwendungen haben sich ihr nicht nur eingeprägt, sondern haben sich ihr eingebrannt, haben sie als die sich ihm zugehörig Fühlende brandgezeichnet. Sicher, ganz sicher, er liebt sie, doch ist sie weder das Zentrum seiner Welt, noch ist sie seine Welt. Sie ist, sie fühlt es, sie weiß es, sein Universum, weshalb er oft darauf vergisst, sie über Irdisches zu informieren. Nur allzu gerne möchte sie ihn in diesem Moment anschreien, sie verspürt den merklichen Drang, ihm eine Szene machen zu wollen. Seinetwegen muss sie sich mit diesen vor ihr stehenden Karikaturen umherplagen. In welche seiner Travestien ist sie hier hineingezogen? Regelmäßig hockt er, abgottgleich, in seinem Gedankenturm, wo er seine verqueren Ideen zu irgendwelchen Fäden spinnt, über die sie dann stolpert. Ja, dort hockt er, unerreichbar – nicht aber für sie. Denn bei all ihrem Ärger mit seinem Gespinst, so weiß sie dieses auch zu verwenden – für die zärtliche Eroberung seines Turmes nämlich.

Hofmann solle sich selbst um diesen Besuch kümmern, beschließt Brehm, daher wendet sie ihren Kopf, den sie dabei etwas anhebt, leicht seitlich dem Gebäudeinneren zu. »Gregor!«, ruft sie ins Innere, in der Absicht, diesen zum aktuellen Geschehen hinzuzuholen. Sobald er da ist, wird sie sich ausklinken; dann, so hat sie vor, wird sie die Position der Beobachterin einnehmen. »Gregor!«, ruft sie erneut, nachdem ihr Appell bisher ungehört geblieben ist. Diesmal schreit sie den Namen lauthals aus sich heraus, wohl auch um ihrem Ärger damit Luft zu machen. Die überwältigende Lautstärke des von der Aktrice gerufenen Namens lässt jedenfalls die Eintritt begehrenden Gestalten reagieren; sie zucken zusammen.

Als Tippe sich anmaßt zu fragen, ob eine derartige Schreierei notwendig sei, überkommt Brehm Zorn. Wie sie meint, ist es ein heiliger Zorn, demzufolge er die Anwendung ihres hysterischen Repertoires erlaubt, wenn nicht gar gebietet. Schon bringt sie sich in Pose für ihr Debüt vor diesen Figuren; diesen Auftritt soll das vor ihr stehende Pack so schnell nicht vergessen. Vom Hausinneren her ist nun ein »Ich komme« für alle drei im Eingangsbereich Stehenden deutlich hörbar; kurz darauf erscheint Hofmann neben Brehm in der Türe. Rasch erklärt er seiner Frau, weshalb er das Läuten des angekündigten Besuches nicht gehört habe, dann begrüßt er die Galeristin freudig, deren Begleiter freundlich. Mit einer unmissverständlichen Geste bittet er das Gästeduett herein in die Wohnstätte. Brehm öffnet dabei die Türe deutlich weiter als bisher, zeitgleich tritt sie mit Hofmann zur Seite. Unmittelbar danach schreitet Tine

Tippe mit ihrem Respektabstand haltenden Begleiter durch den freigegebenen Eingang. Zweifellos, der Einmarsch der Kunsthändlerin hat etwas Majestätisches an sich. Das und die Tatsache, dass es ein roter Läufer ist, über den die Eintretenden einziehen, macht das Geschehen zur Groteske. Angekommen auf gleicher Höhe mit ihrem Gastgeber bleibt Tippe stehen, was gleichfalls auch das Stoppen des Nachkommenden zur Folge hat. Im zwischen diesem und der Galeristin scheinbar üblichen, sich jetzt auf etwa siebzig Zentimeter belaufenden Abstand steht nun also auch der Hüne still. Aus den Seitentaschen ihres Umhangs holt Tippe nun jeweils ein Paar medizinischer Überziehschuhe, blau, hervor. Ein Paar reicht sie von langer Hand dem Gefolgsmann, zu dem sie dabei Folgendes spricht:

»Anziehen, Herr Beck, anziehen.« Da sie sich dem so genannten Herrn Beck dabei nicht zugewendet hat, nach wie vor steht sie mit dem Hausherrn von Angesicht zu Angesicht, bemerkt sie nicht, dass Brehm es ist, die ihr die bereitgehaltenen Überzieher aus der Hand nimmt. Herrn Becks Unvermögen, das Dargebotene ohne Fallenlassen der vor sich hergeschleppten Zeichnungshüllen an sich nehmen zu können, ist der Aktrice nämlich nicht entgangen.

Während sich die Kunstkennerin trotz kleidungsbedingter Schwierigkeiten einigermaßen geschickt die Schuhe mit dem Hygieneschutz überzieht, drückt ihr Begleiter der überraschten Brehm die Rollen in die Arme. Von den Überziehern befreit er sie, indem er ihr diese aus der Hand zieht. Auch er bringt den Schutz unerwartet geschickt über seine riesigen Schuhe. Der kurze, vielsagende Blickaustausch zwischen Schriftsteller und Schauspielerin ist deutlich. Ein gemeinsames Los-lachen können sie nur unter Aufbringung ihrer ganzen Selbstbeherrschung vermeiden. Während Hofmann die wieder voll aufgerichtet vor ihm stehende Galeristin mit seiner Frau, also der neben ihm stehenden Anna Brehm, bekanntmachen möchte, bemüht sich der so genannte Herr Beck wortlos um den Rückerhalt seiner Zeich-nungsrollen. Er versucht sie seinem Vis-a-vis zu entwin-den, weshalb Brehm diese kaum mehr festhalten kann. Keinesfalls dürfen die Rollen zu Boden fallen, deswegen ist es nun auch der so genannte Herr Beck, der Brehms diesbezügliches *Durchhaltevermögen* unterstützt. Das so-wie die gleichzeitig ablaufenden Entwindungshandlun-gen machen die Szene clownesk. Das Clowneske erfährt eine Steigerung, als Tippe ruft: »Aufpassen, Herr Beck, aufpassen!« Endlich hält der so genannte Herr Beck die Rollen wieder vor sich an den Oberkörper gepresst; sein Gesichtsausdruck ist noch deutlich verkrampfter; als er es zuvor bereits gewesen ist.

Hofmanns Versuch einer angemessenen Bekannt-machung gelingt nicht, zumal die Galeristin auf seine rhetorische Frage, »ob er ihr vorstellen dürfe«, blitzartig mitteilt: »Ich kenne sie schon.«

Sohin informiert er nun Brehm kurz und formlos, indem er ihr Tine Tippes Namen nennt und sie als seine lang-jährige Kunstvertraute ausweist. »Tine will mir ein paar Bilder zeigen«, erklärt er noch, ehe er den Kopf wieder ganz der Galeristin zuwendet. »Darf ich dir den Umhang abnehmen?«, fragt er Tippe, die unverzüglich verneint. *Den Umhang,* so eröffnet sie, *würde sie anbehalten, selbstverständlich aber würde sie die Kapuze abnehmen.*

Kurz streifen sich jetzt die Blicke der Lebenspartner; die Bestätigung der aufgekommenen Stimmung suchen sie im jeweils anderen. – Und, gerade weil die herangerückte Laune wechselseitig attestiert wird, darf die Zuwendung bloß flüchtig sein, muss die Abwendung umgehend erfolgen, weil das Loslachen andernfalls garantiert nicht zu halten ist. Von Blicken wie Stimmungen hat die Kunstverständige nichts bemerkt, ist sie doch ganz mit sich selbst befasst. Mit Bedacht streift sie die Kapuze nach hinten ab, andächtig beinahe, gleichermaßen so, als ob sie dadurch etwas Sakrales, sicher aber etwas Kostbares freilegen würde. Endlich sieht man Tippes kastanienrotes, kräftiges Haar, das vor Vitalität strotzt, zudem einnehmenden Wohlgeruch verbreitet. Ihr Haar trägt sie zu einem kunstvollen Knoten gesteckt, andernfalls hätte sie die Kapuze schließlich nicht wie gehabt tragen können. Mehrfach ist der Dutt beeindruckend, sprich seines Ausmaßes wegen, seiner Gestaltung wegen, seines Dufts wegen, kurz seiner Besonderheit wegen.

»So, wer von euch geht vor?«, fragt die Kunsthändlerin nunmehr, nach Vollendung ihrer Enthüllungsaktion. Wer Tine Tippe kennt, dem zeigt diese Frage dreierlei auf: Nämlich erstens will Tine endlich an den Ort der Bildbetrachtung, zweitens hat sie Anna Brehm als Hausherrin und damit als Hofmanns Frau akzeptiert sowie drittens gestattet sie dem so genannten Herrn Beck ein

Ausziehen des Parkas nicht. Vorbei an Hofmann schaut Tippe zurück auf Anna Brehm, die nun tatsächlich Folgendes von sich gibt: »Gregor geht voraus. Ich habe genug damit zu tun, das Red-Carpet-Fever abzuwehren.« Brehms Ironie begreift Hofmann sofort, und in Erfüllung dieser tritt er sogleich dienstbeflissen *vor* Tine Tippe *mittig* auf den roten Läufer, wobei er ehrfurchtsvoll sagt: »Bitte, Tine, erlaube mir vorauszugehen.« Unmittelbar nach diesen Worten setzt er sich in Bewegung, um die letzten, bis zum Erreichen des Wohnsalons circa zweieinhalb Meter mit bedeutungsvollem Gesichtsausdruck und gardeoffiziersgleich aufgerichteter Körperhaltung über den Läufer zu schreiten. Ihm hinterher folgen im Gänsemarsch, in einem Abstand von jedenfalls etwa sechzig Zentimetern zum unmittelbaren Vorgänger hin, alle anderen drei gleichermaßen, denn auch Anna Brehm ist zwischenzeitig *mittig* auf den Läufer getreten.

Endlich ist die kleine Schar in Hofmanns Werkschmiede angekommen. Im Obergeschoss liegt auch Brehms Rollenstudio, ein wichtiger Eigenraum der Aktrice. Das Paar spricht einhellig von »Zone«, wenn es sich um diese Etage handelt, wie unterschiedlich auch das sein mag, was ein jeder von ihnen mit diesem Begriff in diesem Zusammenhang verbindet. Die Türe ins Zimmer der Schauspielerin befindet sich, kommend vom Erdgeschoss, im Abstand von 1,20 Metern den Treppen gegenüber. Die freischwingenden Holztreppen führen dank mehrerer Fenster im Bereich derselben gut tageslichtbeleuchtet über den zu überwindenden Höhenunterschied. Je nach Position und Ziel führen sie von unten nach oben, oder eben umgekehrt, von oben abwärts.

Man ist in Hofmanns Schreibstudio angelangt, sobald man die Treppen allesamt emporgestiegen ist. Der Treppenabgang ist hier von einer weißen Ziegelmauer umgrenzt, die auf der Seite dem Treppenansatz gegenüberliegend eine Höhe von 2,80 Metern aufweist und an einem breitseits durchgehenden Dachbalken des offenen Dachstuhls endet. Die Räume im Obergeschoss haben, sofern sie eine Decke aufweisen, das Raumhöhenmaß ebenso hoch. Es sind dies Brehms Rollenstudio, Schlafzimmer sowie das von dort zu erreichende Bad. Die weiße Ziegelmauer längsseits der Treppe hat eine Höhe von 1,20 Metern; beide Wände haben dreißig Zentimeter Breite. Wie schon im Erdgeschoss sind auch hier die grauen Steinmauern der Außenwände unverputzt, die Trennwände sind allesamt als weiße Ziegelmauern gestaltet. Mit Ausnahme der Badezimmer besteht der Bodenbelag aus breiten, nicht allzu rustikal gehaltenen Dielen in heller Eiche. In den Grundsätzen sind Erdgeschoss und Obergeschoss sohin gleich ausgestaltet. Im Erdgeschoss weisen außerdem der Entree- und Vorzimmerbereich einen grauen Steinbodenbelag auf.

Der offene Dachstuhl ist in mittel- bis dunkelbraunen Farbnuancen gehalten, wodurch Pfetten, Stiel, Deckenbalken und Sparren insgesamt eine ebenso angenehme wie interessant anzuschauende Färbung ergeben. Die Decke über Brehms Zimmer ist als Galerie gestaltet. Dort befinden sich vollgefüllte Bücherregale und ein Kanapee. Mittels einer verschiebbaren Leiter, deren Schiene am Galerieboden verläuft, ist dieser Leserückzugsort zu erreichen. Gerne hält Brehm sich dort auf.

In der Schreibwerkstatt steht Hofmanns langer schwarzer Glasschreibtisch, an dem sich zwei Stühle, gleichfalls schwarz, jedoch aus Holz, diagonal gegenüberstehen. Die Stühle wechselt er beim dortigen Arbeiten regelmäßig, je nachdem, ob er ins Innere blicken will oder durch die Fenster hindurch ins Freie, in Richtung des Gartens. Tisch und Sessel sind nüchtern-modern in ihrem Stil; sie verbreiten wohl aus diesem Grunde eine gewisse Kühle. Vom nach innen gewandten Stuhl aus schaut er auf die weiße Ziegelwand von Brehms Zimmer, die in einiger Entfernung gegenüber liegt, außerdem auf die oberhalb des Rollenstudios liegende Galerie, weiterhin auf zwei große weiße Ball- bzw. Kugelsessel mit roter Fütterung und einen kleinen Couchtisch, der zwischen diesen steht. Häufig sitzen Schauspielerin und Schreiber in diesen ebenso auffälligen wie gemütlichen Drehsesseln bei einem Drink, einem Snack oder einfach nur um des Gemeinsamseins willen – nur deshalb, um gemeinsam zu sein, um miteinander zu sein. An der Ziegelwand, welche die Schreibstätte vom Schlafzimmer trennt, hängen Zeichnungen Bekannter wie Unbekannter, außerdem Lithografien von Beckmann, Klee, anderen. Gerne schaut das Paar während dieser Sesselzusammenkünfte immer wieder einmal auf die Kunstwerke; beide, Brehm wie Hofmann, haben einigen Sinn für bildende Kunst. *Die* Kunstwerke allerdings, die den Schriftsteller während seiner Schaffensphasen inspirieren sollen, finden den Platz für die zeitlich begrenzte Dauer ihres Hierseins an der hohen Ziegelwand, die den Treppenabgang breitseits abschirmt. Denn genau dort, vor dieser Wand, befindet sich ein Stehpult, an dem Hofmann oft schreibend verweilt. Gerade weil er stundenlang arbeitet, achtet er auf Bewegung – so auch durch den Wechsel seiner Positionen, seiner Arbeitsorte.

Jetzt stehen drei vor dieser Wand, da die Vierte unmittelbar nach Erreichen des Obergeschosses in ihr Separee entschwunden ist. Den Inspirationsbildern ihres Lebenspartners konnte sie niemals noch bisher etwas abgewinnen, vielmehr evozierten diese allesamt ein zumindest latentes Unbehagen. Einige davon, sie kann sich gut erinnern, erzeugten in ihr ein richtiggehendes Grauen. Warum er, der Dichter, mit solchen Kunstwerken seinen Kreativitätsprozess zu beschleunigen, zu vertiefen vermeint, ist ihr ein Rätsel geblieben.

Die Leere der weißen Ziegelwand schlägt dem vor ihr stehenden Trio entgegen wie eine zur Gestaltung nötigende Ohrfeige. Tine Tippe entzieht dem so genannten Herrn Beck aus der vor seiner Brust gehaltenen Transportrollenmenge eine ganz bestimmte Rolle, woraufhin, wie bei einem ungeschickten Mikadozug, die runden Hüllen in seinen Armen nach unten rutschen und schließlich, als wären sie ab dem Passieren seiner Körpermitte durch irgendetwas beschleunigt worden, auf den Boden sausen.

»Aufpassen, Herr Beck, aufpassen!« sagt die Kunsthändlerin ganz beiläufig, ganz nebenbei, sonst sagt sie dazu nichts, tut sie dazu nichts. Die Furcht, die sich auf dem Gesicht des so genannten Herrn Beck zugleich mit dem Rollenfall abgezeichnet hatte, weicht daher einem Überraschtsein.

»Legen Sie die Rollen einstweilen am besten hier an die Wand«, rät Hofmann, indes er, alle fünf Finger der rechten Hand militärisch stramm gestreckt, mit dieser auf den empfohlenen Ablagebereich zeigt. Es ist die Wand, entlang welcher in einigem Abstand der gläserne schwarze Schreibtisch steht, der breitseitig, ebenso in einigem Abstand, zur Schlafzimmerwand hin steht. Vor dieser Wand also, auf dem freien Platz zwischen Schreibtisch und dem zur anderen Seite in einigen Metern Abstand aufgestellten Stehpult irgendwo, soll der so genannte Herr Beck die Transportrollen vorerst aufbewahren. So sammelt er die in unterschiedliche Richtungen verstreuten Hüllen auf. Eine nach der anderen hebt er auf, um sie kurz darauf auf dem zugewiesenen Bodenplatz abzulegen. Nach dieser Aktion wendet er sich wieder den beiden anderen zu.

Tippe hat zwischenzeitlich »Venus beschwichtigt Mars« enthüllt. Hofmanns ausdrücklich geordertes Bild gibt sie gekonnt in den schlichten Rahmen, der nebst eines zweiten ebensolchen halb an der weißen Ziegelwand, halb an der grauen Außenwandmauer, also im Eckbereich, lehnt. Rahmen wie auch die professionellen Montagevorrichtungen, die sich bereits an der Wand befinden, hat der Dichter von der Kunstverständigen bereits vor Jahren, als er erstmals in diesem Haus an einem Buch schrieb, erworben. Damals hatte er für die Dauer der Schreibzeit, auf Leihe, zwei wirklich scheußliche Bilder aus Tine Tippes umfangreichem Bestand gewählt. Ihr

Material ist ihr bestens vertraut, deshalb kann Tippe nun so leichthändig fungieren. Gänzlich unbeschwert wirkt die Galeristin nun; leise, aber doch vernehmbar summt sie vor sich hin.

»Passt dir das da so?«, fragt sie Hofmann, nachdem sie die Radierung an der Stelle der Wand befestigt hat, die ihr als optimal erscheint für die Inspirationszwecke, die dieses Bild erfüllen soll. »Jetzt einmal passt es so. Der Fragepunkt aber ist, wie es passt, wenn hier dann noch anderes hängt«, antwortet der Angesprochene. »Was hast Du noch? Zeig.«

Immer noch summend sowie offensichtlich bestens gelaunt, tritt Tine Tippe etwa zwei Minuten lang vor der »Bilderwand«, also der weißen Ziegelmauer, hin und her, vor und zurück. Den Kopf legt sie dabei ab und an für kurze Zeit seitlich. Sie hat, das ist klar erkennbar, bei diesem Bewegungsritual Bilder vor ihrem geistigen Auge, deren Stimmigkeit sie im Hinblick auf Kompatibilität mit dem Ort generell und dem bereits an der Wand hängenden Kunstwerk speziell überprüft. Ohne ihren Blick von der Wand zu lassen, sagt sie endlich:

»Herr Beck, die Größte; ich brauche die Größte, Herr Beck.« Sofort weiß der so genannte Herr Beck die Worte als Befehl zu deuten. Beflissen nimmt er die gewünschte Rolle vom Boden auf, um sie an Tippe auszuhändigen. Er übergibt sie, das eine Ende in seiner Hand haltend, das andere Ende Tippes Kinn entgegenstreckend. Als würde sie von einer Fliege belästigt werden, fasst Tippe nach diesem Ende, führt die Rolle seitlich weg von ihrem Kinn und zieht mit Hilfe der anderen Hand die Hülle gänzlich zu sich. Diese hält sie nun wie eine übergroße Firmungskerze vor sich, nicht allerdings in nur einer Hand, sondern mit beiden Händen trägt sie die Rolle. Nach wie vor umfasst eine Hand den oberen Endbereich, die andere Hand umfasst nach wie vor in etwa die Rollenmitte. Solcherart die Hände voll geht Tippe nun zum großen Glasschreibtisch, wo sie die Transporthülle öffnet, das darin befindliche Werk aus der Hülle entnimmt, es auf dem Tisch bedächtig auseinanderrollt und schließlich ausgebereitet präsentiert.

»Und, was sagst du jetzt?«, fragt sie den ihr nachgefolgten Schreiber. »Genial«, befindet der, woraufhin die Galeristin, quasi zur Bestätigung des Vernommenen, erklärt, wie perfekt dieses Kunstwerk sei, doch das nicht allein, denn dieses Bild würde sich auch perfekt zur bereits hängenden Radierung und zu der Zeichnung fügen, die sie gleich noch präsentieren würde. »Die Zweitkleinste, Herr Beck, die Zweitkleinste«, ruft Tippe nun zum so genannten Herrn Beck. Der hatte es vorgezogen, Tine und Hofmann nicht zum Schreibtisch zu folgen; somit steht er noch immer bei den am Boden liegenden Rollen. Beflissen hebt er nun die zweitkleinste auf, die er rasch als solche identifizieren konnte. Diesmal übergibt er die Rolle der zur Bilderwand zurückkehrenden Galeristin, während diese an ihm vorbeischlendert. Wie den Stab bei einem Staffellauf übergibt er ihr nun die Hülle.

Den Inhalt derselben offenbart Tippe diesmal auf dem Stehpult, wo sie nach der dort erfolgten Enthüllung eine mit Rötelstift gearbeitete Zeichnung ausbreitet.

»Die würde in Verbindung mit den beiden anderen Bildern die Wirkung sicher vervielfachen, glaubst du nicht?«, fragt sie Hofmann, der neben sie an das Pult herangetreten ist.

»Bestimmt glaube ich das«, antwortet er, »aber ich halte das Bild nicht aus. Ich ertrage es nicht.« Vermutlich meinend, er wäre augenblicklich ein Akteur in einer seiner Tragödien, produziert sich der Dichter nun. Mit theatralischer Geste umklammert er mit den Händen seitlich seine Stirn, wobei er unter gekonntem Einsatz seiner Stimme die Anwesenden mehrmals wissen lässt, *dass er dieses Bild nicht ertrüge, und es sofort entfernt werden müsse. Umgehend müsse es in die Hülle zurück.*

Ähnliche Auftritte kennt die Kunsthändlerin vom Dichter. Aufgrund ihrer Vorliebe für exzentrisches, unangemessenes Verhalten hat sie damit aktuell kein Problem. Immer noch wohlgelaunt rollt sie die Zeichnung ein, um sie dann sogleich in der Transportrolle verschwinden zu lassen. Die Rolle in der Hand haltend ruft sie den so genannten Herrn Beck zu sich, dem sie diese mit der Anweisung, er solle sie an sich nehmen und korrekt ablegen, übergibt. Dann holt sie den leeren Bilderrahmen aus dem Winkel und geht mit diesem in Händen zum Schreibtisch zurück, wo sie auch das dort befindliche Bild gekonnt sowie summend in den Rahmen gibt. Mit dem gerahmten Kunstwerk geht sie, vorbei am so genannten Herrn Beck, zurück zum Schriftsteller, der das bereits hängende Bild betrachtet. Sie befestigt das in ihren Händen habende Bild an der Wand, exakt an der Stelle, an welcher das Bild für sich allein, wie auch in der Gesamtbetrachtung, perfekt inszeniert ist. Zusammen mit Tippe steht Hofmann vor der Bilderwand, schauend auf die Kunstwerke, ergriffen von den Kunstwerken. Vollends ist er in der Betrachtung versunken. Als ob es nur ihn, nur seine Anschauungen gäbe, steht er still da. –

Da steht er in einer Lautlosigkeit, die er allein erzeugt, doch im Zusammenspiel mit den anderen verbreitet. Diese Ruhe durchbricht er, als er nach einer beträchtlichen Weile wohl mehr zu sich selbst als zu einem oder gar zu beiden der Anwesenden bemerkt, *dass er bereits die Wirkung verspüren würde. Als ob ein von diesen Bildern ausgehender Sog ihn hineinzöge in bisher nicht gekannte Tiefen seiner Kreativität, als ob der Prozess des Schreibens jetzt ein ganz leichter wäre.* Zwei Worte nach seinem Weiterreden unterbricht ihn Tine Tippe; was er, der Schreiber, nach den Worten »als ob« jetzt sagen wollte, das lässt die Kunsthändlerin ungesagt bleiben, indem sie selbst losredet:

Die Bilder, wären gleich groß wie jene, die zuletzt hier hingen. Wahrscheinlich, so stellt sie fest, *würden die Ausmaße derselben ebenso maßgeblich zur von Hofmann bezweckten Wirkung auf ihn beitragen wie das Dargestellte. Ob ihm dies aufgefallen sei,* fragt sie den Schriftsteller. Bekannt sind der Galeristin die pathetischen Stimmübungen – als solche tut sie diese wie auch andere solcherart betonte, solcherart stimminszenierte Redeergüsse Hofmanns ab. Zeitweilig muss sie ihn, wie sie meint, beschränken, andernfalls er das rechte Maß nicht hält. Sie kennt seine Schnelligkeit, seine grundsätzliche Fähigkeit, sich auf neue Gesprächsgegebenheiten im Regelfall blitzschnell einstellen zu können, Möglichkeiten nützen zu können. Um ihm daher keine Chance zu lassen, redet sie weiter. Dies fällt ihr gleich mehrerer Gründe wegen leicht: Erstens war ihre Frage an den Dichter von vornherein gezielt rhetorisch, die hatte zweitens nur den Zweck des Unterbrechens, drittens will Tine Tippe noch eine Mitteilung machen sowie sich viertens nun verabschieden und fünftens dem so genannten Herrn Beck in Verbindung damit notwendige wie unnötige Anweisungen zum Aufbruch geben.

In etwa drei bis vier Wochen, spricht Tippe bar jeglicher Unterbrechung, also ohne auch nur eine merkliche Atempause, weiter, *würde sie einige Lithografien bekommen, darunter auch zwei seiner Lieblinge. Wenn er also im Haus noch Dauerbildplätze vergeben wolle, dann,* so sagt sie, *könnten ihm diese Kunstwerke sehr gefallen, weil sie eben nichts schwer Verdauliches darstellen würden. In jedem Falle würde sie ihn anrufen.*

Mit einem pirouettenähnlichen Dreh, wie genau dieser vor sich geht, hält der Kapuzenumhang im Verborgenen, schwenkt sich die Kunstverständige jetzt auf ihren Gehilfen ein. Gleichermaßen informiert und beordert sie den so genannten Herrn Beck, indem sie sagt: »Wir gehen. »Alles aufheben und mitnehmen, Herr Beck, alle mitgebrachten Rollen wieder mitnehmen.« Im Anschluss an ihre Worte geht Tippe in Richtung Treppen ab. Den Weg abwärts begeht sie mit einigem Getöse, denn, wie die zwei Zurückgelassenen hören, macht sie auf jeder Stufe mehrere Steppschritte, ehe sie weitergeht.

Eilig sammelt der so genannte Herr Beck die Rollen zusammen, wobei er zwei dem Dichter in die Hände drückt. Der steht, mit einigermaßen unintelligentem Gesichtsausdruck, eine große Transporthülle in der linken wie der rechten Hand, zwischen weißer Ziegelmauer und Stehpult. Er folgt, als der Gehilfe der Kunsthändlerin, bepackt mit den restlichen Zeichnungsrollen, an ihm vorbei zu den Treppen geht, diesem wortlos hinterher. Jetzt ist Hofmann ein Nachfolgender; jetzt folgt er im Abstand von etwa sechzig Zentimetern nach. Solcherart gereiht durchschreitet dieses Duo das alte Gutshaus, um es endlich durch die Hauseingangstüre zu verlassen. Draußen, in einigen Metern Entfernung vom Gehöft, ist ein moderner Wagen abgestellt, auf dessen Beifahrersitz Tine Tippe zu erkennen ist. Auf dieses Auto steuern Gehilfe und Schreiber zu, um, dort angelangt, die Zeichnungshüllen nach hinten in das Fahrzeug zu legen, dessen Heckklappe sich ohne erkennbares Zutun geöffnet hat. Nachdem dies vollbracht ist, wird die Heckklappe durch Zutun des Gehilfen geschlossen, der danach zur Fahrertüre hin hastet.

»Herr Beck«, ruft der Schriftsteller, der langsam zurück zum Anwesen schlendert, »nur zur Info, Sie haben die Überzieher noch an den Schuhen.« Der Angerufene schaut verständnislos auf Hofmann, woraufhin der sein rechtes Bein anhebt und leicht nach vorne streckt. Dabei deutet er mit dem Zeigefinger der rechten Hand auf seinen Schuh. Instinktiv blickt jetzt auch der Hüne auf seine Schuhe, an denen er die Schutzhüllen sofort bemerkt. »Scheiße«, zischt er, dann steigt er schnell in den Wagen, startet diesen und fährt ab. Der so genannte

Herr Beck, das steht fest, hat sich hier weder als Mann vieler Worte noch als Mann schöner Worte gezeigt.

Angekommen zurück in der Schreibwerkstatt trifft Hofmann ebendort auf die Lebenspartnerin. Brehm sitzt in einem der beiden Kugelsessel. Von diesem aus blickt sie in Stiegenrichtung, wohin sie sich mit dem Stuhl ausdrücklich gedreht hat. Der Zurückgekehrte wird daher sofort von ihr gesehen. Mit einer Begrüßung macht sie sich bemerkbar, um unmittelbar darauffolgend kundzutun, wie sehr ihr die ausgewählten Werke missfallen würden.

Während er auf Brehm zugeht, beginnt er mit der Erläuterung, treffender mit der Rechtfertigung, seiner Wahl. Es ist ein fixes Ritual zwischen diesen beiden geworden – Hofmanns Verteidigung seiner Entscheidung; beide nennen es »die Bilddefensio«. Und so legt der Schriftsteller wie schon bisher seit seiner Lebenspartnerschaft mit der Schauspielerin nach jeder Neuanschaffung von Kunstwerken, die ausschließlich dem Zweck seiner Inspiration beziehungsweise der Beschleunigung seines Schreibprozesses dienen sollen, auch nach dieser die jeweiligen Wahlgründe dar.

Immer beginnt er solche Verteidigungsreden mit einem Prolog, in welchem er *sich*, den gefühlten Sinn seines Daseins, den vermutlichen Grund seiner Existenz sowie seine Absichten ausführlich darlegt. Erst wenn das geschehen ist, findet er im Zuge seiner Rede *die* Gründe, die ihn zur Wahlentscheidung veranlasst haben. Dann kann er sie detailliert offenlegen, seine Wahlmotive. Erst entscheiden, *danach* erst Gründe dafür finden, nicht umgekehrt, nein; bloß nicht umgekehrt bei solchen Wahlen …

Als Hofmann sich in den freien Kugelsessel neben Anna Brehm hineinsinken lässt, ist sein Prolog bereits fertig gesprochen, weshalb nun der Hauptteil des Rechtfertigungssermons vorgetragen wird. Das Zusammensein mit der renommierten Darstellerin hat ihn – sprachlich jedenfalls – geprägt. Hier hat *sie* ihn gebrandmarkt, hier hat sie ihn mit ihrem Verständnis von Ton und Musik, von Rhythmus und Blues infiziert. Hier, doch nicht nur da, ist die Meisterhafte seine Meisterin. Schön im Hinblick auf Melodie und Timbre bringt er seine Rede vor, so schön, dass dem, was er sagt, dem Inhalt, keine Bedeutung zugemessen werden braucht. Dreieinhalb Minuten vergehen, Minuten, in denen der Dichter spricht, die Aktrice jedoch sprachlos ist. Dann ist auch diese Rede beendet. Nicht dazu, nicht zu seinem Dargelegten, fragt Brehm den Dichter, nicht zum Gesagten fragt sie ihn, sie fragt danach, *wie lange er Tine Tippe schon kenne.*

Wie er angibt, habe er die anerkannte Galeristin bei seinem ersten Besuch einer international sehr wichtigen Kunstmesse getroffen, demzufolge müssten es fünfzehn oder siebzehn Jahre sein, die er sie bereits kenne.

Länger als die Dauer ihrer Beziehung wäre, stellt die Schauspielerin fest, dann meint sie noch, dass Hofmann einige fragwürdige Persönlichkeiten in seinem Bekanntenkreis habe. Mit dieser Äußerung, sie weiß es, bricht sie einen Streit vom Zaun. – Heute will sie sich üben im hysterischen Fach, in dem sie im Moment keine Chance auf eine professionelle Rolle in Aussicht hat.

»Was soll das heißen, was willst du damit sagen?«, fragt Hofmann.

»Ist dir nicht aufgefallen, wie seltsam sie sich verhalten hat?«, antwortet Brehm, dann erhebt sie sich aus dem Kugelsessel. Hin- und hergehend vor dem Dichter lässt sie diesen wissen, *wie befremdlich, in manchen Momenten gar furchteinflößend sie Tippes Auftreten gefunden habe. Von welcher Art außerdem die Beziehung Tippes zum so genannten Herrn Beck wäre, das, so informiert sie weiter, würde sie schon interessieren. Allein, wenn sie an die Nicht-sammlerin denken würde, die bei jeder Neuanschaffung einen Altgegenstand, eine Altsache aus ihrem Wohnbereich entfernen müsse und deshalb Kleidung und Schuhe nur mehr leihen würde, um, so redet Brehm weiter, nicht irgendwann demnächst innerhalb leerer Wände zu sitzen. Auch die lesbische Expertin für tibetanische Kunst, die mit dem Schauspieler, der im Spielen einer Frau die Rolle seines Lebens gefunden habe, in vermeintlich gleichgeschlechtlicher Partnerschaft leben würde, fiele ihr jetzt ein. Die Genannten, spricht Brehm weiter, wären schon einmal zwei Persönlichkeiten aus Hofmanns Kreis, anhand derer sich das von ihr verwendete Wort, nämlich »fragwürdig«, ohne weitere Worte erklären ließe.*

»Kurz gesagt, Anna, befindest du alles, was nicht oder besser nicht gänzlich der Konvention entspricht, als fragwürdig«, stellt Hofmann fest. Damit verfolgt er eine Absicht, nämlich die, seine Partnerin in Rage zu versetzen. Spätestens seit dem ungewünschten Ende, jenem wunschlosen Ende weiß er, dass sie sich, als Schauspielerin, die sie ist, immer wieder einmal spielen muss; von Zeit zu Zeit muss sie, Anna Brehm, die Künstlerin Brehm spielen. Nicht zuletzt, weil er sie liebt, verschafft er ihr dazu im Rahmen seiner Möglichkeiten von Zeit zu Zeit Chancen; auch weil er gerne auf diese Art mit ihr aneinandergerät, macht er es immer wieder möglich, ihr Schauspielerin-Spielen.

»Es ist kaum zu glauben, wie borniert du sein kannst«, stichelt er weiter, »aber gut – die Schauspielzunft ist ja abseits der oberflächlichen Betrachtung eine stockkonservative.«

»Aha! Ich bin also borniert!«, ruft Brehm, wobei sie, quasi um ihre Streitlust zu demonstrieren, mit großer Geste ihre Hände in die Hüften stemmt. In dieser Haltung spricht sie weiter in der Absicht, sich damit in Wut zu bringen. »Weil ich mir erlaube bestimmte Verhaltensweisen, Verhaltensformen deiner Bekannten zum Thema zwischen uns zu machen – wohlgemerkt zu einem bloßen Unterhaltungsthema im Sinne eines Meinungsaustausches – bin ich also die Beschränkte«, sagt Brehm.

»Nicht weil du dich darüber mit mir austauschen willst, was du übrigens nicht willst«, sagt Hofmann, »sondern weil dir ein gewisser, sagen wir schräger Menschentypus grundsätzlich unsympathisch ist.«

»Richtig, mein Lieber, ich teile deinen ausgeprägten Hang für schräge Vögel, komische Käuze, andere Spinner nicht,« ruft die Schauspielerin, die sich nun direkt vor dem Sessel aufstellt, aus dem heraus der Dichter sie, wie Brehm meint, beleidigt. »*Derartige* Freigeister gehen mir schlichtweg auf die Nerven«, erklärt sie. Ihre Betonung liegt auf dem Wort »derartig«; sehr langsam, dabei überspitzt deutlich spricht sie es aus. *Ihr fehle nicht das Verständnis für Eigenheiten, für psychische Macken, nein, keineswegs,* so informiert Brehm weiter, *kein Verständnis habe sie lediglich für Menschen, die sich gezielt Marotten in der Annahme zulegen würden, dadurch eine Persönlichkeit zu sein. Allein wenn sie daran denke, wie stolz solche Leute auf ihre Pläsierchen wären, fühle sie Brechreiz in ihr aufkommen. Nein,* berichtet sie fort, *für derartige Freigeister habe sie keine Sympathien.* Wieder betont sie das Wort »derartige« explizit. Die Botschaft hinter der Konnotation ist offensichtlich, weshalb auch Hofmann sie verstanden hat. Der allerdings nimmt den ausgesprochenen, den so geworfenen Fehdehandschuh nicht auf. Indem er schweigend bleibt, er weiß es, potenziert er die aktuelle Feindseligkeit der langjährigen Gefährtin. Nichts tut er, und hierdurch fühlt sie sich zum Handeln gezwungen.

Nun gut. Wenn er sie aufgrund dieser oder ähnlicher Nichtsympathien gegenüber Einzelnen aus seiner Gefolgschaft für kleingeistig halten würde, führt die Aktrice nach der kurzen Pause, in die der Dichter entgegen ihrer Erwartung keine Worte gesprochen hat, ihren Monolog weiter, *so nehme sie das hin. Nämlich wäre es seiner geistigen Festgefahrenheit wegen ohnehin nicht möglich, ihn vom Gegenteil überzeugen zu können. Einem wie ihm, der sich in seinen Dogmen verrannt habe,* erklärt Brehm gleichermaßen sich wie dem Sesselhocker, *dem könne nichts Objektives das Weltbild erschüttern, nein, anhand von Fakten gelänge es nicht, den getäuschten, den verblendeten Sinn zu klären.*

»Ach Gregor, du Lieber, du. – du Irrender,« ruft die Schauspielerin, wobei sie vollendet das darstellt, das zur Schau stellt, was sie wünscht darzustellen »Du tust mir leid!« Dieser Angriff hat Erfolg, denn Hofmanns Regungen pressen rasant schnell den Ausdruck hochgradiger Verstimmtheit in sein Gesicht. – Das gezeichnete Dichterantlitz als Wirkungsbeweis. Obwohl er auch diesmal wortlos bleibt, ist, wenn auch ungewollt, alles gesagt. Mitleid ist etwas, das dem Dichter zuwider ist, wenn es sich auf ihn selbst bezieht; bezieht es sich auf andere, so ist es ihm verhasst. Nicht ist er zum Leiden gewillt, Leidensbereitschaft hat er nicht, weshalb er auch niemanden zum Mitleiden braucht. Wenn also ein Jemand ihn, den großen Hofmann, bemitleidet, kann es dafür nur zwei Ursachen geben. – Sprich man verkennt ihn ganz und gar, oder man erkennt ihn ganz und gar. Letzteres jedenfalls ist für Hofmann die weitaus schlimmere Variante in gefühlstiefen menschlichen Beziehungen. Das Mitleid mit anderen hält er für eine Perversion … Was er fordert, ist Mitgefühl, denn das allein habe die Macht, das Leiden auf das unumgängliche Maß, nämlich auf Krankheit und vielleicht, je nach Perspektive, auch auf den Tod, zu reduzieren. Nicht mitzuleiden, mitzufühlen ist er da.

Jetzt, im Zeitpunkt dieses Geschehens, weiß Hofmann trotz all seiner Erkenntnisse nichts. Zu Erkennen und Verkennen hat er keine Einschätzung; er weiß nur, dass auch bloß ein großer Bluff sich vor ihm aufgebaut haben könnte, ein Bluff, den Anna Brehm abgezogen hat. Was auch immer zur Stunde ist oder nicht, *tatsächlich* hat Brehm ihn verstimmt.

Die Schauspielerin weiß sich im Vorteil; er ist angezählt, bald schon, wenn sie keinen gravierenden Fehler begeht, wird er hörbar werden. Dann werden beide sich mit Worten anvisieren, beide werden vorbeizielen an den wunden Punkten. »Du, der du die meisten meiner Freundinnen ihrer Macken wegen nicht treffen willst, du hältst mich für beschränkt«, spricht Brehm. *Chuzpe könne sie da nur sagen, Chuzpe,* meint sie weiters. *Im Gegensatz zu ihr würde er jeglichen Kontakt mit den Freunden, die ihm missfielen, kategorisch verweigern,* stellt sie fest. *Nicht einmal ein, beispielsweise, Kurztreffen zwecks Geburtstagsgratulation könne er ihr zugestehen, nein – aber gut, sie wäre in seinen Augen eine Beschränkte. Allein wenn sie an seine Freundin Finzel, deren erklärtes Vorhaben es sei, bis zu ihrem Tode jedenfalls dreizehn Ehemänner gehabt zu haben, denke, wäre sein Verhalten ihren Freundinnen gegenüber schlicht unerträglich. – Überhaupt wäre es eine Bodenlosigkeit von ihm, sie als beschränkt zu bezeichnen,* moniert sie. *Was er sich eigentlich anmaße ihr gegenüber, was er denn eigentlich glaube,* möchte sie wissen. Ihre sonst angenehme Stimme ist beim Sprechen der letzten Sätze schrill geworden, zudem hat sie Festigkeit eingebüßt, hat sie an Festigkeit verloren.

»Was soll ich glauben?«, antwortet Hofmann endlich. »Nichts brauche ich bloß zu glauben, ich weiß, dass du mir Wörter andichtest, die ich niemals zu dir gesagt habe. Das Wort ›beschränkt‹, ich habe es nicht verwendet. – Mein Ausdruck war ›borniert‹.«

»Ha!«, schreit Brehm. »Als wäre das nicht dasselbe.« Damit bringt sie den Dichter in die Gänge, sie weiß es; gleich wird er so zu reden beginnen, dass sein Gesagtes den Raum völlig ausfüllt. Wie Gas wird es sich nach und nach überall hin verbreiten, geruchlos, geschmacklos, aber merklich – nicht *nur* der Hörbarkeit wegen.

Borniertheit wäre etwas gänzlich anderes als Beschränktheit, erklärt der Schreiber. *Ein Jemand, der borniert wäre, müsse keineswegs beschränkt sein. Er könne über seine intellektuellen Fähigkeiten durchaus unbeschränkt verfügen,* doziert er, *lediglich habe er Vorstellungen von der Welt oder Teilen der Welt, die er für einzig richtig hielte. Ein Beschränkter,* so führt Hofmann weiter aus, *könne sein geistiges Potenzial eben nicht völlig ausschöpfen; ihm fehle es dazu jedenfalls an einer Fähigkeit – logischem Denken zum Beispiel. Beim Bornierten,* er wiederholt sich, *wären alle Denkfähigkeiten uneingeschränkt vorhanden. Die Art und Weise, wie er seine Fähigkeiten gebrauche, mache den Bornierten stellenweise, punktuell, zeitweise eben unflexibel, ungelenkig. Ein Perspektivenwechsel läge,* so führt Hofmann fort, *dem Bornierten nicht sonderlich, er fiele ihm schwer.*

»Vielleicht fällt ihm der Perspektivenwechsel deshalb schwer, weil er in dieser Fähigkeit beschränkt ist«, stichelt Brehm. Zum provokanten Ton macht sie unschuldige Miene; in kleinen Schritten tippelt sie auf einem imaginären Kreis, den sie sich in Nähe des Lebenspartners erdacht hat. Sie liest in Hofmanns Gesicht wie in einem offenen Buch die Grade seiner jeweiligen Verstimmungen ab. Allgemein, wenn er nicht regungslos erscheinen mag, ist sein Missfallen, ist seine Missstimmung leicht erkennbar. Beide stehen ihm unverkennbar auf die Stirn geschrieben. Das Ausmaß aber dieser Befindlichkeiten vermögen nur Anna Brehm und des Dichters geliebte Großmutter ganz genau zu deuten. – Allen anderen, die ihm bei solchen seiner Regungen gegenüberstehen, erschließt sich nur die Verdrossenheit Hofmanns; auf seinem Gesicht ist sie plakatiert – unübersehbar. Was die Schauspielerin jetzt aus dem Dichterantlitz abliest, ist hochgradige Verärgerung.

»Anna, ich habe dich nicht als beschränkt bezeichnet«, sagt er langsam. In der gepressten Stimme hört man etwas mitschwingen; die Langzeitgefährtin weiß es zu deuten. Ein Drohen ist es, das nicht verbalisiert, aber dennoch ausgesprochen ist.

Natürlich habe er es getan, kontert Brehm, *da brauche er sich nun nicht in Ausreden flüchten, da brauche er keine Unterscheidungskonstrukte an den Haaren oder sonst wo herbeiziehen.*

»Was heißt ›Unterscheidungskonstrukte‹?«, fragt der Angesprochene, dem die Diskussion schwer missfällt. Mit dem Ziel, die ihm äußerst unlieb gewordene Unterhaltung damit beenden zu können, redet er weiter: »Egal, lassen wir das jetzt. Aber nimm zur Kenntnis, dass ich dich nicht als beschränkt bezeichnet habe, und versuche nicht mir meine Sicht der Dinge darzulegen. Versuch nicht mir mich zu erklären, und vor allem bemüh dich nicht mir Wörter in den Mund zu legen, die ich nicht gebraucht habe.«

Wahrlich, Brehm ist sich nicht mehr sicher, ob der Sesselhocker ihr gegenüber das Wort »beschränkt« gebraucht hat oder nicht; sie ist sich jedoch sicher in zweierlei: Erstens weiß ihr Schreiber, jedenfalls innerhalb der nahen Vergangenheit, durchaus immer, was er wie wann zu wem gesagt hat, denn – wie erklärt er sich ihr wie auch anderen gegenüber immer wieder – er manifestiert sich über sein Wort. Zweitens trifft man in seinen wunden Punkt, wenn man ihm diese – um in seiner Formulierung zu sprechen – Worthaltung in welcher Weise auch immer absprechen will. Seine Worthaltung ist seine Lebenshaltung. Keine, keiner darf sie ihm gegenüber in Frage stellen; keiner, keine darf sie ihm absprechen. Wenn das geschieht, kann er, der sonst zumeist Wohltemperierte, in Rage geraten. Und wenn er in Rage verfällt, dann vollzieht sich stets irgendwo ein Bruch oder stürzt etwas ein oder sackt irgendwer in sich zusammen. Wenn er in Rage ist, dann wird – wenn auch nicht mit Getöse – etwas zumindest kurzfristig verwüstet. Sein Zitat »Worthaltung ist Lebenshaltung« klingt ihr aus stets junger Erinnerung mit seiner Stimme im Ohr … Nein, am Wort »beschränkt« wird Brehm den Streit nicht fortsetzen, sie wird der Streitlust anderswie Raum verschaffen. Vorbei an diesem seinem, sie jedenfalls weiß von mehr als einem, wunden Punkt wird sie ihn mit anderem strapazieren.

»Na gut, dann lassen wir das jetzt, und du, mein Lieber, lässt mich wissen, zu welchem Thema ich reden darf«, säuselt sie. Natürlich bemerkt der Schriftsteller die Provokation, doch reagiert er einmal mehr anders als gedacht.

»Ich will zur Stunde über nichts mehr reden«, teilt er ruhig, beinahe sanft mit. Dann, um das Unumstößliche seiner Aussage zu demonstrieren, erhebt er sich aus dem Sessel und geht in Richtung des großen gläsernen Schreibtischs ab. Gleichmut und Offensive, manch einer weiß es, ist nicht grundsätzlich ein Gegensatz.

»Gregor«, ruft Brehm. »Du lässt mich jetzt aber nicht so dastehen.« Die Hoffnungen der Schauspielerin, er würde kontern mit einem beispielsweise *wie du dastehst, das ist allein deine Sache* oder ähnlichen Meldungen, erfüllen sich nicht – er bleibt wortlos, außerdem gestenlos in Gang. »Gregor«, plärrt die nun Entrüstete abermals. »Du lässt mich hier nicht so stehen, hörst du!« Selbstverständlich hört er das Unüberhörbare, jedoch er bleibt wortlos, außerdem gestenlos. Als ob sie nicht da wäre, setzt er sich, dort angelangt, nun an den Schreibtisch, wo er augenscheinlich nichts, verborgen vor den Augen etwaiger Beobachter jedoch so manches tut. Die bis dahin kurz in Schockstarre verfallen gewesene Brehm kommt dadurch wieder in Bewegung; sie schreitet energischen Schritts auf ihr Rollenstudio zu, dessen Türe sie hinter sich mit lautem, explosionsähnlich lautem Knall zuschlägt.

Zwei Stunden später in etwa kommt Hofmann vom Schreibtisch, hinter dem er sich abgeschottet hatte, hervor, zurück in die Allgemeinwelt. Da er anlässlich des bevorstehenden Besuches von Klara Fromm vorhat zu kochen, macht er sich in Richtung Küche auf. Auf dem Weg dorthin begibt er sich ins Badezimmer, wo er sich gründlich, um nicht zu sagen akribisch die Hände wäscht. Ehe er die Zone über die Treppe nach unten ins Erdgeschoss verlässt, klopft er an die Türe des auf seinem Weg liegenden Rollenstudios. Nichts tut sich auf, kein Laut, kein Geräusch dringt heraus aus Brehms momentanem Ort des Verweilens.

»Anna!«, ruft der Dichter daher vorsichtig, vor dem verschlossenen Zugang stehend, an die im türenseitigen Bereich Aufhältige. »Anna, kommst du mit? Ich beginne gleich mit dem Kochen«, fragt er.

»Gewiss doch komme ich mit. So wie abgemacht. In ein paar Minuten bin ich bei dir in der Küche«, antwortet Brehm. Ihre Stimme klingt gedämpft, was auf die geschlossene hölzerne Grenze zwischen den Standpunkten der Lebenspartner zurückzuführen ist. Der Künstlerin fehlt fürs Kochen jegliches Talent, selbst das kochfreie Zubereiten, Aufbereiten von Nahrung, von Speisen gelingt ihr zumeist nicht reibungslos. Anna, so hatte es Klara Fromm einmal auf den Punkt gebracht, könne sich glücklich schätzen, wenn es ihr auf Anhieb gelänge, eine Tüte Nüsse im wohlfeinen Schüsselchen aufzutischen. Nichtsdestotrotz sowie ganz zum Trotz träumt die Aktrice, trotz kontinuierlicher Misserfolge die letzten vier Jahrzehnte hindurch, noch davon, irgendwann demnächst ein gelungenes, selbst zubereitetes (Gast-)Mahl zustande zu bringen. Aus diesem Grunde

lässt sie Möglichkeiten zum Üben, zum Lernen nicht
ungenützt verstreichen.

Ihr Schreiber ist kein Meisterkoch, weshalb er sich darauf beschränkt hat, Einfaches meisterhaft zuzubereiten.
Die Lernstunden will sie, ungeachtet ihres Zorns, auch
heute nehmen, welches ungenießbare Süppchen sie dabei
kochen will, das wird sich dem Lebenspartner ganz bald
schon zeigen.

Angelangt in der Küche säubert sich Hofmann ein weiteres Mal die Hände. Unter dem lauwarmen Wasserstrahl
der Abwascharmatur reibt er sie seifenlos zweimal gegeneinander. Dann geht es los. Rote Rüben mit Käse überbacken, gebratene Karpfenfilets auf frischem Rotkraut
stehen auf seinem Programm. Selbstgemachtes Eis wird
die Speiseabfolge beschließen. Der, wie er, Hofmann, sich
sarkastisch selbst bezeichnet, »Speisenblender« ist schon
einige Minuten am Hantieren, als die Lernbegierige in die
Küche tritt. Auch sie säubert sich die Hände ganz genau
so, wie Hofmann es kurz zuvor getan hat. Waschungen
vielleicht … »Was soll ich tun?«, fragt die Schauspielerin. Die Stimme, das Gebärden vermitteln unübersehbar
eines: Distanz. »Nimm bitte die roten Rüben, alle, aus
der Verpackung und schneide sie dann in ungefähr so
dicke Scheiben«, antwortet der Kochlehrmeister, wobei
er mittels Abstands zwischen Daumen und Zeigefinger
der Lernbegierigen die Dicke anschaulich macht. Und
sogleich als Brehm den ersten Schnitt in die Verpackung
tut, ergießt sich ein Teil des ebendarin mitenthaltenen
Rübensafts über die Arbeitsplatte, kurz darauf springen
zwei Früchte, gleichermaßen so, als wären sie von irgend-

etwas angetrieben worden, auf den Küchenboden, wo sie eine unerwartet lange Distanz rollend zurücklegen. Damit, beide wissen es, ist das Gesetz der Serie bei Brehms heutigem Übungsunterfangen in Kraft gesetzt.

»Nicht so schlimm«, meint der Dichter wider besseres Wissen zum Vorfall. Das wortlose, ausdrucksneutrale Tun der Partnerin bereitet ihm Unbehagen; sie hat sich zurückgezogen in ein gläsernes Vakuum, das er – lange vielleicht – nicht durchdringen kann. Nachdem die Scheiben schließlich brauchbar geschnitten mit würzigem Käse obenauf auf dem Backgitter liegen, werden diese von Brehm ins vorgeheizte Backrohr geschoben. Sie ist angehalten die Zeituhr auf acht Minuten einzustellen, dennoch das im Ofen Befindliche im Auge zu behalten. Nach diesem Zeitablauf ist der Käse noch nicht ausreichend geschmolzen, daher werden die Scheiben weiterhin im Backrohr belassen. Es ist der Dichter, der die Speise schließlich punktgenau aus dem Ofen nimmt. In einer Küchengemeinschaft mit der Lebenspartnerin weiß er: *Wenn man sich nicht alles selber tut …*

Dieses Wissen rettet schließlich die Kartoffeln vor dem Zerkochtwerden, die Eissubstanz allerdings kann es nicht vor der übermäßigen Zugabe von echtem Kakao bewahren. »Nicht so schlimm«, sagt Hofmann wieder, denn was schon sonst könnte, sollte er hinein in Brehms Vakuum sagen, was sonst.

Als Klara Fromm abends, innerhalb der vereinbarten Zeitspanne, an der Eingangstüre des Anwesens läutet, ist es Brehm, die ihr öffnet. Herzlich begrüßen sich die

Freundinnen. »Du schaust ja recht entspannt aus, trotz deiner vielen Projekte«, meint die Hausherrin, »fast schon erholt.« Erfreut nimmt die Besucherin das Kompliment entgegen, denn sie weiß, es ist ein ernstgemeintes. Noch im Vorzimmerbereich, während Fromm den Mantel ablegt und sich der Schuhe entledigt, zischt die Gastgeberin der Vertrauten zu: »Ich bin grade dabei Gregor anzuspannen; wundere dich also nicht!«

Nein, die nun Vorgewarnte wundert sich nicht, auch wird sie dies in den kommenden Stunden nicht tun. Sie durchblickt das von der Öffentlichkeit bisher unentdeckt gebliebene Paar in all seinen Eigenheiten einigermaßen gut; sie kennt die beiden dieses Paar ergebenden Persönlichkeiten lange und demzufolge auch in den meisten Handlungsfacetten. Was bitte sollte sie da noch wundern. Exakt in dem Moment, in dem Fromm an den Esstisch herangekommen ist, hat Hofmann den letzten Griff an seiner Tischgestaltung getan. Mit einem Kuss auf die Wange begrüßt er die Hochgeschätzte, die er außerdem wissen lässt, wie sehr ihn ihr Besuch freue.

»Beeindruckend, wie du den Tisch gestaltet hast, Gregor«, stellt Fromm fest. Hier jedenfalls ist der Dichter bekennender Minimalist, bekennender Purist; aus wenigem holt er vieles heraus, durch Spärliches gelingt ihm Ungeahntes. Während sich die Frauen an den Tisch setzen, holt Hofmann die käsegarnierten roten Rüben herbei. Damit das Mahl beginnen kann, nimmt auch er, nachdem er die Getränkewünsche abgeklärt sowie in der Folge erfüllt hat, ebendort Platz. Das gemeinsame Speisen wird von allen dreien gleichermaßen zelebriert wie genossen. Eine angeregte, humordurchzogene Unterhaltung zwischen Brehm und Fromm, Fromm und Hofmann begleitet die Speisung. Das Gastgeberpaar kommuniziert auffallend wenig miteinander. – Zwar ist der Hausherr hörbar um Versöhnung bemüht, gefühlvoll hofft er das gläserne Vakuum der Lebenspartnerin durchbrechen zu können, jedoch er bleibt erfolglos.

In jedes Wort, das Brehm an Hofmann richtet, legt sie punktgenau die Distanz, die er nicht unberührt zu ertragen vermag. Mit jedem ihrer korrekt-höflichen Sätze, mit jeder ihrer höflich-korrekten Antworten zermürbt sie ihn, mindert sie sein Wohlbefinden. In negativer Weise tangiert sie sein Gleichgewicht, weshalb es ihm schwerfällt am Punkt zu bleiben, sich auf dem Punkt zu halten. Als langjährige Intima der beiden kennt Klara Fromm derartige Anspannungslagen zwischen Brehm und Hofmann. Äußerst selten nur kommen sie auf, wenn dann allerdings in einer Intensität, die keinem verborgen bleiben kann. Selbst ein völlig Fremder könnte das dann – quasi greifbar – in der Luft liegende Verderbnis empfinden, indes jedoch nicht nachvollziehen, nicht erklären, nicht benennen.

Angewandte Unschicklichkeit – Zeichen der Vertrautheit; Unschicklichkeitsgrade als Maßeinheiten des Vertrauens. Die kleine Schlamperei im Umgang – Indiz einer Verbindung; Nonchalance als Beleg. Das alles hat Brehm dem Dichter gegenüber zurzeit nicht im Repertoire, im sich abspielenden Intermezzo deprimiert sie ihn mit Tadellosigkeit.

Einwandfreie Aussagen als Attacke, gleichermaßen

aber auch als Tarnung des Zwists, den Klara Fromm vor sich hat. Indem sie das Paar negiert, bleibt sie am Hader unbeteiligt; »teile und herrsche« in Handhabung, »divide et impera« in abgewandelter Verwendung.

Hinein bis in die erste Stunde des neuen Tages dauert das Zusammensein der drei. Dann macht sich die Besucherin tatsächlich auf den Heimweg. Weil die in den letzten zwei Stunden gemachten Abgangsversuche vergebens waren, springt Fromm, während sie ihre Nachhausfahrt ankündigt, abrupt vom Tisch auf. Es ist Hofmann, der sie nach dem intensiven Abschied nach draußen zum Wagen begleitet. Ungern nur entlässt er die Vertraute hinaus in die Nacht. Der Weg über den steingepflasterten Vorplatz verläuft schweigsam, obwohl die Kälte die beiden Nachtwandler schlagartig erfrischt hat. Gleich nach dem Durchschreiten der Hauseingangstüre hat Fromm durch Betätigung des Funksenders das Auto entriegelt; dort angekommen kann sie daher ohne weiteres die Wagentür öffnen und einsteigen. Rasch ist der SUV abfahrbereit. Durch das von ihr aufgemachte Fenster ruft sie Hofmann, der, in kurzer Entfernung stehend, auf das Anfahren wartet, zu: »Gregor! – Nimm es nicht so schwer, okay!« Dann braust sie in flottem Tempo vorbei an ihm davon. Der Zurückgelassene blickt den Rücklichtern die kurze Zeit, bis sie aus seinem Blickfeld verschwunden sind, hinterher, dann geht er schnellen Schritts zurück ins Haus. – Es ist kalt geworden …

Zurück im Anwesen räumt er die noch auf dem Tisch stehenden Gläser, Schüsseln, Wasserkaraffen ab. Er trägt diese Utensilien in die Küche, wo er sie, nachdem er darin vorhandene Reste ausgeleert hat, in den halbvollen Geschirrspüler gibt. Schließlich holt er noch die Weinflaschen vom Speisetisch im Wohnsalon, alle wurden ausgetrunken, weshalb er sie in einem Korb ablegt, den er regelmäßig für die Leergutsammlung nützt sowie für den Transport zum Altglascontainer verwendet. Trotz der dort erfolgten Zubereitung, Aufbereitung des Gastmahls und Brehms dabei geschehener Ungeschicklichkeiten herrscht kein Chaos vor, vielmehr ist diese Kochwerkstätte aufgeräumt. Das liegt einerseits an Hofmanns Strukturiertheit, seiner Begabung für systematisches Vorgehen, andererseits an seinem Sinn für Ordnung, der ihn phasenweise zwanghaft, dann wiederum freizügig ans Aufräumen herangehen lässt.

Aus Rücksichtnahme vollzieht er die Abendtoilette im Gästebad, wo er genießend einige Minuten unter dem warmen Wasser der Dusche steht. Den Wasserstrahl hat er durch die Wahl der Einstellung in zahlreicheiche kleine Strahlen unterteilen lassen, gießkannenartig eben. Den Wasserdruck hat er auf mittelmäßig eingestellt, weshalb die auf seiner Haut aufkommenden Strahlen ihn weder aufputschen noch zusätzlich ermüden. Kraft des Wassers und dessen Wärme verbleibt er in *dem* Zustand deutlicher Müdigkeit, in dem er sich seit etwa zwanzig Minuten schon kontinuierlich befindet.

Eingehüllt in gleich zwei Badetücher begibt er sich schließlich nach oben in den Schlafraum, wo er Brehm in ihrer Betthälfte vorfindet. Dort sitzt sie, halb an das Betthaupt angelehnt, ein Buch über Stefan Zweig lesend. Dass er sie heute dort vorfinden würde, dessen war sich der Schriftsteller keineswegs sicher, umso positiver schätzt er daher jetzt die Chance auf baldige Versöhnung, exakt ausgedrückt, auf Brehms schnelles Wiedergutsein ein. – Jedoch, es irrt der Dichter, denn gleich, nachdem er die Schlafzimmertüre hinter sich geschlossen hat und zwei Schritte auf seine Betthälfte zugegangen ist, befördert ihn die Lebenspartnerin, nicht nur indem sie die Lichter abschaltet, ins Dunkel; auch durch den Tonfall ihrer Gutenachtwünsche verweist sie ihn eben dorthin. Angelangt vor seinem Bett entledigt er sich der beiden Badetücher, die er sich um den Körper gewickelt hatte. Er schlüpft in das weiße T-Shirt, das er auf dem Kopfpolster gleich ertastet hat, dann begibt er sich ins Bett. Beim Zudecken sagt er: »Nicht so schlimm.« Denn was sonst, was denn sonst sollte er hinein in sein Dunkel sagen.

Nun sind drei Tage vergangen, in denen die Schauspielerin den Dichter gestraft hat. Brehm'scher Sadismus – gewaltlos, aber gewaltig. Nichts nun an diesem Tag vier deutet auf einen Umschwung im Verhalten der Aktrice hin; das gemeinsame Frühstück verläuft wortkarg. Das morgendliche Mahl ist für beide die wichtigste Nahrungsaufnahme des Tages, es findet, obwohl dies niemals wörtlich vereinbart wurde, täglich ziemlich genau zwischen 8:40 Uhr und 10:00 Uhr statt. Anders als der Schreiber ist Brehm ein Morgenmensch. Im Regelfall lässt sie ihren Tag um 6:30 Uhr beginnen. Zu dieser Zeit begibt sie sich hinunter zum Hauseingang, um von draußen ihre zwei Tageszeitungen zu holen, die sich in der Zeitungsrolle befinden. Rücksichtsvollerweise tätigt sie ihre Morgentoilette im Gästebad, sodann begibt sie sich hinauf ins Rollenstudio, wo sie sich ankleidet, daraufhin in den Nachrichtenblättern schmökert. Ihr »Morgenmuss« ist nicht Kaffee, sondern Kakao. Becherweise trinkt sie das Heißgetränk, das sie noch am Vorabend zubereitet, dann in eine Thermosflasche gefüllt und mitsamt einer großen Tasse ins Arbeitszimmer transportiert hat, während des Zeitungslesens.

In Kenntnis über die aktuellen Geschehnisse begibt sie sich gegen 8:40 Uhr in die Küche, wo sie mit dem Lebenspartner das Neueste einer begrenzten Welt bespricht. So beginnen der Schriftsteller und die renommierte Darstellerin ihren Tag üblicherweise, und so, wie schon die letzten drei Tage davor, wird auch der heutige Tag *nicht* beginnen. Anna Brehm nämlich lässt Interaktion, Austausch weiterhin bloß reduziert zu. Sie erduldet, was er kaum ertragen kann, seine Gegenwart lediglich. Dies tut sie, er weiß es, um sich an ihm zu rächen. Ihre Kränkung zahlt sie ihm heim, hundertfach. Ihrem Empfinden nach hat er sie nicht bloß stehen gelassen, vor ein paar Tagen, in der Zone, nein; ihrem Empfinden nach hat er sie alleingelassen. Ihr wunder Punkt in einem toten Winkel ihres Bewusstseins, ihr wunder Punkt, das Allein-gelassen-Werden; ihr besonders wunder Punkt, das von ihm Allein-gelassen-Werden. Das Scheinbare, das Offensichtliche, das Vielleichte, das Tatsächliche – jedenfalls das so von ihr schmerzlich empfundene, so von ihr brennend gefühlte »Von-ihm-allein-gelassen-worden-Sein«.

Als das Frühstück zu Ende ist, geht Hofmann hinaus in den riesigen, von einer alten hohen Steinmauer gut geschützten Garten. Dieser Ort bedeutet ihm viel. An diesem sonnigen, kalten Spätherbsttag streift der Dichter über die Grünanlage, die er, in Anlehnung an verschiedenste Bauern- und Landgärten, selbst nicht nur maßgeblich mitgeplant, sondern auch mit seiner Hände Arbeit tatsächlich entfaltet hat. Eine Pflanzenvielfalt, die er hingebungsvoll pflegt, eine, dank ihm, dynamische Gestaltungsmannigfaltigkeit. – Seine Vorstellungen im grünen Bereich.

Erfüllt von einer Schwere, die *nicht* das Gegenteil von Leichtigkeit ist, streunt er umher in seinem Naturreich. Abhandengekommene Leichtigkeit – ist nicht die Ursache seiner Tristesse; das entschwundene Belanglose, die verflogene Unwichtigkeit, die vergangene Nichtigkeit, die entglittene Simplizität – sind nicht die Ursachen seiner Elegie. Minutenlang durchstreift der Schriftsteller ziellos das Areal. Obgleich er sich langsam bewegt, wirkt er wie ein Getriebener. Die Wege, die er jetzt geht, führen ihn nirgendwohin, wie auch sollte es anders sein, wo er doch nicht weiß, wohin er will …

Als er vor der Feuerstelle steht, weiß er, dass er angekommen ist. *Den* Platz hat er unbewusst angepeilt, er liegt in einem abgelegenen Winkel, wovon es in seinem Gartenreich mehrere gibt. »Feuerwerk«, so nennt der Dichter diese Stätte, die aus einem Halbkreis besteht, der mit etwa 50 Zentimeter hohen, 75 Zentimeter langen und circa 35 Zentimeter tiefen Gesteinsquadern errichtet wurde. Der Halbkreis besteht aus zwei solcher Blockreihen, wobei die zweite Reihe nach hinten versetzt wurde, so dass sie denen als harte Rückenlehne dienen kann, die sich auf der ersten Reihe sitzend niederlassen. Da die zweite Reihe links und rechts um eine Quaderlänge kürzer ist als die unterhalb vor ihr befindliche Blockreihe, wirkt dieser steinerne Halbkreis zusätzlich ansprechend. An dieser Stelle des abgelegenen Gartenwinkels hat Hofmann das Erdniveau erhöht, eben damit sich der felsige Halbkreis perfekt in die Grünfläche, die er einschneidend begrenzt, einfügen kann. Diese Mauer begrenzt außerdem den mit flachen, unterschiedlich großen Platten geformten Steinkreis, in dessen Mitte sich der Feuerkorb befindet. Hier will der freudlose Schreiber verweilen; hier soll das Feuer, das er zu machen vorhat, für die Wärme sorgen, die ihm seit Tagen im Inneren des Gutshauses verwehrt wird.

Um das Brennholz möglichst gut vor Nässe zu schützen, ist es in einer Mauernische der Gartenmauer aufgestapelt. Von dort holt er drei große Scheite, Kienspäne, Holzwolle. Wieder beim »Feuerwerk« zurück, schlichtet er das Geholte mit Bedacht im Feuerkorb auf. Ein Zippo im Spielkartendesign holt er aus der rechten Seitentasche seiner Jeans, obwohl er seit zwanzig Jahren nicht mehr raucht, verfügt er über einige unterschiedlich gestaltete Feuerzeuge dieser Kultmarke. Stets hat er auf schöne Anzünder Wert gelegt.

Zur Stunde ist kaum Wind fühlbar, weshalb sich schon bald nach dem Anzünden der Holzwolle auch die Kien-

späne entfachen; nun müssen noch die großen Holz-
scheite Feuer fangen. Während das geschehen soll, holt
Hofmann nochmals drei große Stücke Holz, und tatsächlich, wie er beim Zurückkommen an die Feuerstelle
feststellt, brennt jetzt alles Holz, das sich im Feuerkorb
befindet, lichterloh.

Zufrieden mit dem von ihm entfachten Brand setzt er
sich auf einen Steinblock in der ersten Reihe des Halb-
kreises, das mitgebrachte Holz legt er seitlich von sich
auf den Kreisboden. Erst wenn nötig, wird er das Feuer
durch Nachlegen dieser Stücke vor dem Erlöschen bewahren. Er drückt seinen Rücken gegen den Felsquader
hinter ihm, streckt seine Beine zum Feuerkorb hin aus
und blickt in die Flammen. Lange tut er das. Das Feuer
entspannt ihn, das Knistern, die Wärme, der Geruch,
alles hat seine Beschwertheit gelöst. Kurz denkt er in
seinem Zustand des Gelöstseins daran, sich das Leben zu
nehmen, jedoch, er weiß es, ist er für das Sterben eines
glücklichen Todes immer noch viel zu schwer.

Als das Feuer merklich seine Kraft verliert, erhebt Hofmann sich, um, wie vorgehabt, die nachgeholten Holz-
stücke in den Feuerkorb zu geben. Ein Entflammen des
Nachgelegten sollte in kurzer Zeit erfolgen können, da
die Flammen zwar an Stärke verloren haben, ihre Kraft
allerdings noch ausreichend vorhanden ist. – Und tatsächlich, die hinzugelegten Scheite brennen bald. Somit
begibt sich der Schriftsteller zurück auf seinen Sitzplatz;
das allerdings macht er nicht auf kürzestem Wege, nein.

Von seinem jetzigen Standpunkt aus schreitet er, nahe
des äußeren Kreisrands, im Uhrzeigersinn vorbei an der

Kanope. Auf diese Weise umrundet er den steinernen Kreisboden; er kommt mittels Rundgangs zu seinem Ziel. In der vom Feuer ausgehenden Wärme genießt er den Moment; die Feuerwärme spürend kann er sich an der Kälte des Tages erfreuen, dessen Zeitstand er bei Mittag vermutet. Ja, dem stets zeitlosen Schreiber dünkt, es wäre Mittag. Ist seine Zeitvermutung richtig, werden es etwa zwei bis drei Stunden sein, die seit dem Ende des heutigen Frühstücks vergangen sind. Nicht will er sich fragen, ob ein Wiedergutsein Annas in dieser Zeit näher gerückt ist, nicht möchte er den Gefühlszustand verlieren, in dem er sich gegenwärtig befindet. Also lässt er die Augen sich umschauen in der Hoffnung, sie mögen etwas in den Fokus bekommen, das seinen Geist weiterhin von der Lebenspartnerin fernhalten, freihalten kann. Seine Hoffnung erfüllt sich an der Kanope, auf die sich sein Blick geheftet hat. Er erinnert sich an den jungen Bildhauer, der ihm die Steinfigur aus Dankbarkeit geschenkt hat. Hofmanns Garde half beim Ankurbeln der Karriere, die mittlerweile eine internationale geworden ist. Wohl deshalb hat sich der Kontakt zwischen ihnen, die aneinander Gefallen gefunden hatten, gelöst. Bernd Albach, mehr noch als den Namen hat der Schriftsteller im Gedächtnis, aber an noch mehr mag er dazu nicht denken …

Nein, es handelt sich nicht um eine Scheinkanope – Hofmanns Kultgefäß erfüllt den zugedachten Zweck, wenngleich in abgewandelter Weise. Mit seinen liebsten Worten hat er, der Dichter, die Kanope gefüllt, mit Worten ohne die er, wie er theatralisch zu sagen pflegt, nicht leben könne und auch nicht leben wolle. Auf hauchdünne Metallplättchen hat er seine Wortlieblinge eingraviert, dann hat er die Worttafeln in den Hohlraum seiner ägyptischen Steinfigur übergeben. Mit jedem Wort, das ihm, aus welchen Gründen auch immer, besonders bedeutsam ist, hat er es so gemacht, so lange, bis der Hohlraum ausgefüllt war. Kein Wort, kein einziges, findet in der Figur mehr Raum. Die Essenzen seines Schreibens, wie er es ausdrückt, wären somit kultischmagisch geschützt. Das, was ihn im Grunde ausmacht, so sagt er, würde somit gehütet; der Sinn seines Lebens wäre somit gesichert, seine Verbindung zur Welt bliebe somit bewahrt.

Lange lässt Hofmann den Blick auf seiner Kanope ruhen. Auf viele Gedanken kommt er währenddessen, die Lebenspartnerin allerdings kommt ihm, wie gehofft, nicht in den Sinn. Er hat Ideen für neue Projekte; der von ihm entzündete Brand im Feuerkorb beflügelt seine Kreativität, beflügelt seinen Geist überhaupt. Als er die schwächer werdenden Flammen wahrnimmt, muss er für sich einen Entschluss treffen. – Nämlich hat er zu entscheiden, ob er noch weiter hier, im Garten, verbleibt oder ob er ins Haus und damit in den unausgesprochenen Konflikt mit Anna Brehm zurückkehrt. Als er beschließt im Garten zu bleiben, erhebt er sich plötzlich. Eilig geht er auf die Mauernische zu, in der das Brennholz gestapelt ist. Diesmal sind es fünf Scheite, die er mit sich nimmt, mehr lassen sich nicht ohne größere Mühe tragen. Zurück an der Feuerstätte legt er, so wie er es einige Zeit zuvor getan hat, drei Stück nach. Mit dem restlichen Holz im Arm wartet er, bis das Feuer an Kraft gewonnen hat, dann begibt er sich wieder im Rundgang, vorbei an der Kanope, an seinen Sitzplatz. Seitlich von diesem legt er die Brennholzstücke auf den Steinboden, diesmal allerdings setzt er sich danach nicht, sondern schreitet er rasch nochmalig zum Holzholen davon. Sehr schnell ist er mit abermals fünf Scheiten wiederum zurück am Feuerwerk. Das Geholte lässt er, dabei in die Hocke gehend, bei den bereits vorhandenen Vorratsstücken zu Boden fallen. – Damit sollte der angelegte Heizmaterialbestand ausreichen, den kontrollierten Brand bis zum frühen Abend hin fortbestehen zu lassen.

Weil der Schreiber noch länger an diesem Ort verweilen möchte, geht er, um die Toilette zu benützen, ins Gästehaus. Dort leert er außerdem in raschen Zügen einige Gläser Wasser, eine große Wasserflasche nimmt er mit nach draußen an die Brandstätte. Bevor er sich nun wieder am Feuerwerk sitzend niederlässt, legt er ein Holzstück nach. Sein Wunsch ist es, die Flammen bis zum Abend hin kontinuierlich kräftig zu halten. Ja, durch diese Absicht ist er zum Hüter der Feuersbrunst geworden. – Und der Dichter macht seine Sache gut, einwandfrei hat er seinen heiligen Herd gehütet, denn als die Dämmerung einsetzt, lodert der Brand immer noch deutlich, ist dessen Hitze immer noch stark.

Anna Brehm hat den Tag für diverse Erledigungen genützt. Sie ist gegen etwa 14:00 Uhr ins Anwesen zurückgekommen. Hofmanns stundenlanger Rückzug lässt Besorgnis in ihr aufsteigen. Gewiss, sie wollte ihn strafen, gewiss nicht aber wollte sie ihn und/oder ihre Beziehung in eine regelrechte Krise stürzen. Sie liebt ihn, den Spinner, und ebenso die gemeinsame Verbindung, das gemeinsame Bündnis als Substanz ihres Paarseins.

Als die Dämmerung einsetzt, fasst sie daher einen Entschluss. Sie zieht sich eine Jacke über, schlüpft in Straßenschuhe und geht hinaus in den Garten. Dort vermutet sie den Dichter bloß, dort hofft sie ihn vorzufinden, andernfalls, wenn er das Anwesen, wohin auch immer und für welchen Zeitraum auch immer, verlassen haben sollte, ohne ein Wort zu sagen, dann ist alles sehr, sehr kompliziert.

Vom Vorzimmer aus betritt die Schauspielerin das riesige Grünareal. Die spätherbstliche Kälte wird mit Entschwinden der Sonne intensiver, weshalb sie die Jacke verschließt. Wo, auf einer Fläche von circa 15.000 Quadratmetern, sich ihr Schreiber befinden könnte, weiß sie nicht, doch hat sie eine Intuition, der zufolge sie auf die Brandstätte, das Feuerwerk zumarschiert. Als sie dort Feuer bemerkt, verschwindet ihre Nervosität schlagartig, allerdings steigert sich ihre Anspannung. Was wird sie erwarten? In welcher Stimmung, in welchem Seinszustand wird sie den Lebensbegleiter vorfinden? Den Lebensbegleiter – Brehm stößt sich an dieser Bezeichnung, bei deren gedanklicher Verwendung sie sich selbst eben ertappt hat. Ja gewiss begleitet er ihr Leben, begleitet er sie durchs Leben, und doch ist es so viel mehr als das …

Um innere Orientierung zu gewinnen, bleibt sie in einiger Entfernung zur Brandstätte. Während sie sich sehr langsam entlang der Steinkreisseite bewegt, die der Felsblockmauer gegenüberliegt, hält sie sich im Verborgenen. Durch das Zusammenspiel von Dunkelheit, Distanz, Hecken, Sträuchern und anderen Pflanzen, hofft sie vorerst unbemerkt bleiben zu können. Sie muss ihn zuerst entdecken, andernfalls wird die Auflösung des scheußlichen Zustandes schwieriger. Aus ihrer Deckung heraus erkennt sie bald die Konturen eines Sitzenden; sie hat keinen Zweifel daran, dass es sich dabei um Hofmann handelt. Hinweg über das Feuer, dessen Hitze die umgebende Luft flimmern lässt, schaut sie sekundenlang auf den durch die Flammen mäßig erhellten, halbkreisgemauerten Steinblockwall, auf deren erster Reihe er, den Rücken an die zweite Reihe gelehnt, verweilt.

Wenn sie es bei diesem wenigen Licht richtig erkennt, hat er sein rechtes Bein an sich gezogen. Er hält es mit unter dem Knie verschränkten Händen angewinkelt vor dem Oberkörper. Er ist also da, hat das Anwesen nicht verlassen. Erleichtert, jedoch noch angespannter als zuvor, bevor sie ihn, den im Halbdunkel Sitzenden, ausgemacht hat, geht sie weiter. Den Steinkreisboden geht sie parallel entlang auf Hofmann zu, wobei sie den Abstand zu diesem mit jedem Schritt so variiert, dass sie möglichst im Dunkel verbleibt. Vorzeitig will sie keineswegs von Hofmann entdeckt werden, und noch, so meint Brehm, ist es vor der Zeit. Wann es an der Zeit ist, das, sie weiß es, wird sich ergeben.

Der Dichter sitzt am rechten Rand des halbkreisgemauerten Mauerwalls, weshalb sie über langen Weg auf ihn zusteuert. Mit den letzten Schritten, die sie vom Wall trennen, verringert sie den Abstand zum Steinkreisboden, den sie, angekommen beim Steinblockwall, betritt. Kurz hält sie inne, doch da Hofmann, der sie spätestens jetzt sehen kann, unbewegt und reaktionslos bleibt, geht sie weiter.

Angekommen bei Hofmann, setzt sie sich unmittelbar neben ihn, denn nichts will sie jetzt zwischen ihnen haben. Sie spürt seinen Körper seitlich an ihrem und schaut nun – wortlos und bewegungslos wie der Dichter – in die ausgehenden Flammen.

»Komm mit mir hinein, Gregor«, sagt Anna Brehm in sanftem Ton, nachdem sie eine Zeit lang schweigend neben ihm gesessen ist. Was jetzt geschehen wird, ist Schicksal, aber Anna Brehm ist entschlossen, sich dagegen zu stellen, wenn es ihren Wünschen zuwiderläuft.

»Warum sollte ich das tun?«, antwortet Hofmann, der dabei sein Gesicht der Sitznachbarin zuwendet. Brehm, so hofft er, wird ihm einen guten Grund nennen, denn da ihm kalt geworden ist, ist er ohnehin entschlossen unverzüglich ins Haus hineinzugehen. Das allerdings braucht sie nicht zu wissen; sie soll sich gefälligst um ihn bemühen.

»Weil ich ein Geschenk für dich habe«, antwortet die Schauspielerin, die sich dabei langsam erhebt. Mit Blick in Richtung Gutshaus steht sie seitlich vor ihm. Sie streckt ihren linken Arm nach hinten, in der Hoffnung, ihr Dichter möge die ausgestreckte Hand nicht nur erkennen, sondern ergreifen. Der nimmt sie, ohne zu zögern, in seine Rechte, wobei er sich erhebt und dabei, indem auch er einen Schritt nach vorne tut, mit Brehm gleichauf zieht. Solcherart verbunden gehen sie in raschem Tempo und auf kürzestem Weg ins Haus zurück. Der Konflikt, das wissen beide, ist beendet, doch, auch das wissen beide, gehört er auch noch bereinigt. Zu diesem Zwecke eben hat die Aktrice Stunden zuvor ihrem Dichter ein Geschenk besorgt, das sie ihm sogleich im Wohnsalon, wo sie es eigenhändig liebevoll verpackt und danach abgestellt hat, übergeben wird.

Im Haus ist es angenehm warm, was einen derartigen Bereinigungsprozess, wie ihn die beiden vor sich haben, durchaus begünstigen kann. Zuversichtlich und mit den betont weich gesprochenen Worten »Für dich, mein Lieber«, übergibt sie Hofmann ihr Friedenszeichen. Der ahnt, dass irgendetwas auf ihn zukommen wird, zumal Anna Brehm ihn nur dann »Lieber« oder »mein Lieber« nennt, wenn ihr irgendetwas missfällt, das mit ihm zu tun hat. In den Tagen des Konflikts hat sie vermieden ihn anzusprechen, nur dann, wenn es unbedingt nötig war, hatte sie es getan. »Du« hatte sie ihn dann gerufen, einfach »Du« hatte sie ihn dann genannt. Hofmanns ungeliebter Vater hatte Hofmanns Mutter stets nur »Du« genannt. Ihren Vornamen hatte er ihr verwehrt, nicht, dessen war und ist der Schreiber sich sicher, mit Vorsatz, sondern im Unvermögen, gesunde Paar- sowie Familienbeziehungen führen zu können.

Bestimmt ist der Zwist Vergangenheit, gegenwärtig ist der Bereinigungsakt. Mit schlichtem Dank nimmt der Dichter das Geschenk entgegen. Er prüft es auf Gewicht und Größe und hat, nachdem er beides in Relation gebracht hat, keine Idee, worum es sich handeln könnte. Also stellt er das Geschenk auf dem Tisch ab, wo er es stehend, unter den Augen der mittlerweile bequem im Stuhl sitzenden Brehm, entpackt. Zum Vorschein kommt ein Fahrradhelm seiner Lieblingsmarke in der von ihm bevorzugten Form. Die farbliche Gestaltung allerdings verhindert bei Hofmann das Aufkommen von Freude, denn ist der Helm dahingehend originalgetreu nach der Schale einer reifen Wassermelone gestaltet. Das grün nuancierte Ding mit seinen gelben Streifen ist der Fruchtschale zum Verwechseln ähnlich, weshalb Hofmann, der es zwischen seinen Händen hält, fragend zu Brehm schaut. Eine Erklärung erwartend steht er da, mit melonenhelmvollen Händen. –

Sichtlich ist die Schauspielerin amüsiert darüber, was Hofmann, gewollt oder ungewollt, mit seiner Körpersprache zum Ausdruck bringt. Den hohen Grad seiner Verwirrtheit, den, so ist sie überzeugt, beabsichtigt er nicht offenzulegen. Wie ein kleiner Bub, der etwas Unbekanntes entdeckt hat, steht er da mit seinem Wunsch nach Erklärung, nach Aufklärung. Die von diesem Anblick ergriffene Brehm enthüllt nun, was es mit diesem Helm auf sich hat. Charmant wirft sie Hofmann an den – unbehelmten – Kopf, *dass er ab und an ein rechter Kürbisschädel sei, stur und unnachgiebig. Es wäre ihr in seinen Kürbisphasen nicht möglich, zu ihm vorzudringen, denn würde sie quasi an seiner Schale scheitern. Daher habe sie beschlossen, ihm diesen Melonenhelm zu schenken. Als Buße ihr gegenüber für diese an den Tag gelegten Perioden solle er den Melonenhelm fortan bei allen seinen Radtouren tragen. Schließlich gehöre die Melone zur Familie der Kür-*

bisgewächse und wäre exakt dieser Helm daher das perfekte Bußzeichen.

Dem Schreiber entfährt ein herzhaftes Lachen, in das die Schauspielerin einstimmt. Endlich fragt Hofmann, als ob er die Antwort nicht ohnehin kennen würde: »Du meinst es ernst damit, Anna, nicht wahr?«. »Natürlich«, antwortet sie, »wenn du mich liebst, schützt du deinen Sturschädel ab sofort auf allen deinen Touren nur mit diesem Helm.« Daraufhin legt der Dichter den Helm erstmals an, präzise will er ihn an seinen Kopf anpassen. Nach einigen Vornahmen, nämlich Hinzufügungen von Schaumgummiklebestücken sowie Einstellungsverkürzungen von Bändern, sitzt der – im wahrsten Wortsinn – Schalenhelm – perfekt auf Hofmanns Haupt.

»Anna, ich bin bereit«, erklärt er. Dann nimmt er den Helm wieder ab. Während er ihn behutsam auf den Tisch stellt, ergreift Brehm mit beiden Händen seine ihr zugewandte rechte Hand, wobei sie in weich-leisem Ton bittet, er möge mit ihr nach oben, auf die Galerie kommen. Gerne erfüllt Hofmann der Partnerin diesen Wunsch, wo er doch weiß, wie ungern sie ansonsten diesen Ort teilt. Nur in Ausnahmefällen lädt sie ihn dorthin ein.

Obwohl die Galerie unter ihnen als allgemeiner Platz galt, hat ihn die Schauspielerin geschickt, über den Weg regelmäßiger Okkupation, annektiert. Selten nur betritt Hofmann seither die Galerie; er tut es dann, wenn er ein Buch von ebendort oben braucht und Brehm, die ihm üblichenfalls das Gewünschte aushändigt, nicht im Anwesen ist. Das Einhalten von Abmachungen hat für den Schreiber grundlegende Bedeutung, enorme Selbstbindung herrscht hierzu bei ihm vor. Denn, wie er zu sagen pflegt, Worthaltung ist Lebenshaltung. Er hat Brehms Annexion der Galerie hingenommen, jedoch diese Hinnahme gegenüber Brehm ausdrücklich bestätigt. Hier gab es kein Stillschweigen. Der Dichter fühlt sich unwohl, wenn derart Wichtiges unformuliert bleibt. Zuteilungen solcherart tragen, Hofmann ist überzeugt, zum Funktionieren einer Paarbeziehung wesentlich bei. Grenzziehungen in gemeinschaftlich genutzten Wohnsitzen dürfen nicht im Vagen verlaufen, dürfen nicht im Vagen verbleiben. Über Gebietsansprüche muss geredet, notwendigenfalls verhandelt werden. Jetzt aber, wenn der eingeladene Schreiber seiner Gefährtin in die Galerie folgt, braucht nichts verhandelt zu werden.

Brehms Reich ist über eine Leiter zu erreichen, die, wie Leitern in großen Bibliotheken, von einer Seite zur anderen Seite hin verschoben werden kann. Die Rollen, die diese Bequemlichkeit ermöglichen, befinden sich am oberen Ende der puristisch gestalteten Edelstahlleiter. Dort liegen sie in einer Schiene auf, die am Galerierand entlang im Fußboden eingebettet verläuft. Die Rollen am unteren Ende laufen in einer ebensolchen Schiene; sie können zudem an beliebiger Stelle fixiert werden. Das mobile Sprossenstück verläuft mit einem Abstand von etwa zwanzig Zentimetern parallel und damit senkrecht an der Wand entlang. Seine Gestaltung macht es zu einem Kunststück, angewandte Kunst im Geiste eines Koloman Moser. Hofmann selbst hat das Design dieser Leiter entworfen, nachdem er sich intensiv mit diesem

Künstler, dessen Mannigfaltigkeit einen Status als Genie verhinderte, beschäftigt hatte.

»Geh schon mal nach oben«, sagt Brehm, ich komme sofort nach.« Also erklettert sich der Schreiber sein Höhenreich, das ihm ansonsten unzugänglich ist. Dort angekommen legt er sich rücklings auf das riesige Kanapee. Mit Vorfreude erwartet er die Ankunft seiner Gefährtin, die nur wenig später auch in der Galerie ankommt. Geschickt, um nicht zu sagen geschmeidig steigt Brehm von geeigneter Sprosse auf den Galeriefußboden. Auf ihrem Rücken trägt sie einen kleinen Rucksack, dessen Inhalt sie, angekommen bei Hofmann, zum Vorschein bringt. Einen Flasche Champagner von der Marke, die Winston Churchill als die trinkbarste Adresse der Welt bezeichnet hat, und zwei Champagnerschalen kommen zum Vorschein. Dieses Dreierlei wird von der Aktrice auf dem kleinen Beistelltisch abgestellt, dann öffnet sie die Flasche in der Art, wie Hofmann es zu tun pflegt, daher ohne Knall- und Showeffekt. Das Edelgesöff füllt sie in die Gläser, eines reicht sie dem Lebenspartner, eines nimmt sie zur Hand. »Auf uns, Gregor«, sagt sie, während sie mit Hofmann, der ein »Auf uns, Anna«, erwidert, anstößt.

Obwohl Hofmann Alkohol nur selten konsumiert, verträgt er das, was er trinkt, im Allgemeinen gut; kaum jemand wird ihn in den letzten dreißig Jahren augenscheinlich alkoholisiert erlebt haben. Durchaus findet der Schreiber Genuss an Wein, Champagner und Edelbränden, doch obgleich er keinen Suchtcharakter aufweist, hat er vor langer Zeit schon derartige Trinkgenüsse auf beinahe null reduziert. Die Eitelkeit gebietet ihm das Halten seines Köpergewichts, daher ist seine Essensbegleitung zumeist ausschließlich Wasser. Das Genießen von Aperitifs, Digestifs und Weinen überlässt er den anderen. Brehm hingegen will auf Alkoholbegleitung beim Essen sowie auf anlassbezogene Zwischendrinks keinesfalls verzichten. Auch sie ist, schon von Berufs wegen, darauf bedacht, ihr Körpergewicht bestmöglich zu halten. Damit dies nicht von vornherein zum Scheitern verurteilt ist, hat sie vor Jahren ihren Süßspeisenkonsum rigoros eingeschränkt. Die Cookies und Brownies, die ihr Dichter von Zeit zu Zeit selbst zubereitet, sind wohlschmeckend, weshalb an solchen Tagen, zu solchen Stunden Brehm vor der Versuchung aus dem Gehöft flieht.

Nachdem die Schalen geleert sind, geht Brehm an eines der Bücherregale. Aus diesem entnimmt sie mit präzisem Griff ein Buch, mit dem in Händen sie ans Kanapee zurückkehrt. Sie legt sich neben Hofmann auf das Kanapee, um ihm vorzulesen. Brehm hat während ihrer Berufslaufbahn immer wieder als Hörbuchsprecherin und als Synchronsprecherin gearbeitet. In diesen Genres, die in den letzten Jahren zunehmend auch einer breiten Öffentlichkeit als eigenständige Sprech- beziehungsweise Sprachprofession bekannt geworden sind, ist sie mit Preisen ausgezeichnet worden. Für die Brehm sind solche Aufträge die Nagelprobe eines Schauspielers. Denn hier allein, wie sie meint, sind Sprache und Stimme Werkzeuge der Darstellung, hier zeigt sich das sprachlich-stimmliche Können oder Nichtkönnen des

Stimmwerkers. Solche Aufgaben schätzt sie sehr, nicht nur wegen der besonderen Herausforderung, sondern wegen ihrer besonderen Vorliebe dafür. Gerne übt sie sich nun in diesem Fach, indem sie aus dem erwählten Buche jene Stelle vorliest, in welcher die Grinsekatze der im Wunderland nach dem Wege fragenden Alice erklärt, dass sie zur Beantwortung dieser Frage erst einmal wissen müsse, wohin sie, Alice, überhaupt wolle …

»Weißt du, wohin du willst, Anna?«, fragt Hofmann, nachdem ihr Vorlesen durch das Zuklappen und Beiseitelegen des Buches eindeutig beendet ist. »Ich weiß es,« antwortet Brehm. Dann gibt sie den Auftakt zum Liebesspiel.

Kapitel 5

Bretter, die die Welt bedeuten

Viel tut sich zurzeit bei Anna Brehm. Eben kommt sie aus Berlin, wo sie gestern einen Film abgedreht hat. Jetzt ist sie auf dem Weg ins Theater, wo sie bei zwei laufenden Produktionen beschäftigt ist; in einer der kommenden Neuproduktionen soll sie außerdem eine bedeutende Rolle übernehmen. Keine Hauptrolle zwar, aber immerhin eine gewichtige Nebenrolle, ja eine tragende Nebenrolle gar. Sitzend im Taxi, das sie vom Flughafen direkt ins Theater bringen soll, sortiert sie ihre Zeitnotizen, um sie im analogen Taschenkalender sowie im digitalen Kalender ihres Handys einzutragen. Obwohl zeitliche Zuverlässigkeit ihr nicht immer gelingt, ist sie eine Verfechterin der Pünktlichkeit. Großen Wert legt sie darauf bei sich selbst, aber auch bei allen anderen. Schafft sie es nicht auf die Minute, fühlt sie sich gescheitert, erfreulich daher für Brehm ihr Zeitgenauigkeitsverhältnis von zehn: zwei.

Die Betriebsversammlung, derentwegen sie jetzt ins Theater kommt, erreicht sie einige Minuten vor dem kolportierten Beginn. Anspannung liegt in der Luft, auch ist eine gewisse Gereiztheit unter einigen der bereits versammelten Schauspielerkollegenschaft und der Theatermitarbeiter merkbar. Wird es wieder schlechte Nachrichten geben? Zuletzt ist das Haus nicht eben ruhmvoll in die Schlagzeilen und in die öffentliche Aufmerksamkeit geraten. Nun, der Grund oder die Gründe der heutigen Zusammenkunft werden bald schon offengelegt werden, zumal die Leitung des Hauses eben eingetroffen ist. Das Direktionsteam stellt sich in einigem Abstand gegenüber der Theatermannschaft auf, die, wie es auf den ersten Blick scheint, vollzählig diesem Terminaufruf nachgekommen ist. Gleich nachdem sich das Management wie beschrieben in Position gebracht hat, beginnt die Direktorin ihre Ansprache. Sie begrüßt die Anwesenden, verspricht sich ganz kurz zu halten, rechtfertigt über dieses Versprechen das Fehlen von Stühlen und das daraus folgende Stehenmüssen ihrer Zuhörer. Dann gibt sie Robert Jamnik als neuen Theaterdirektor bekannt. *Der Designierte*, lässt sie wissen, *werde seine Funktionsperiode in knapp eineinhalb Jahren antreten, er freue sich auf seine Aufgabe und wolle in den nächsten Wochen einerseits Gespräche mit der gesamten Belegschaft sowie auch Einzelgespräche führen. Er habe vor, das Haus zu einer modernen, internationalen Bühne zu machen. — Bis dahin aber*, spricht sie weiter, *blieben ihnen immerhin noch einige Monate Zeit, die sie gemeinsam bestmöglich nützen und so angenehm wie möglich gestalten sollten.*

Unheimlich ruhig ist es jetzt bei dieser Zusammenkunft; die sprichwörtliche Nadel würde man wahrscheinlich fallen hören. Als das Rauschen von Papier bemerkbar wird, das aus dem Kreis der Belegschaft kommt, geht die Direktorin mit ihren Begleitern ab, wobei sie mitteilt: »So, das war's auch schon. Ich wollte nicht, dass ihr es in einigen Tagen aus den Medien erfahren müsst. Danke für euer Kommen.«

Durch den Abgang kommt Bewegung in die Menge, wodurch sie sich, untermalt von Gemurmel, langsam auflöst. Brehm, die an diesem Tag im Theater nichts mehr zu tun hat, ist sie doch nur der Betriebsversammlung wegen einen Tag früher aus der deutschen Hauptstadt zurückgekommen, ruft sich ein Taxi. Bepackt mit Koffern und Tasche ist sie nicht gewillt, mit den öffentlichen Verkehrsmitteln zu ihrem Haus, am Rande der Stadt gelegen, zu fahren. Das kleine Stadthaus, das in eine geschlossene Häuserzeile eingebettet ist, ist immer dann ihre bevorzugte Wohnstätte, wenn sie von längeren Arbeitsaufenthalten im In- oder Ausland zurückkommt. Sie braucht dann einige Tage des »Ganz-für-sich-Alleinseins«, eines »Ganz-für-sich-alleine-Lebens«, um sich von den Strapazen erholen zu können. Wenn sie in sehr schlechter Grundstimmung ist oder – wie sie es nennt – Brüche zu verarbeiten hat, zieht sie sich außerdem gerne in das Haus zurück. In den Dreißigerjahren ist es errichtet worden, womit es ihre Sehnsucht nach alten Zeiten, in denen die Welt nur analog gewesen ist, jedenfalls punktuell erfüllt. Nachdem sie das Gepäck, das der Taxifahrer im Vorgarten, am Ansatz des zur Haustüre führenden Stiegenaufgangs, abgestellt hat, selbst mit einiger Plagerei und durch zweimaliges Gehen über die steilen Treppen nach oben gebracht hat, schließt sie die Türe auf. Koffer und Tasche zieht sie über die Schwelle hinein ins Haus, in diesem kleinen Vorzimmerbereich, der einrichtungsmäßig als stauraumreiche Garderobe gestaltet ist, entledigt sie sich ihrer roten Lackpumps und des ebenso roten Blazers. Unbeschuht geht sie in Seidenstrümpfen hinein ins Wohnzimmer, von wo aus sie schließlich hinaus auf die Veranda tritt. Dort entnimmt sie aus einer Truhe eine riesige Wolldecke, außerdem ein Kunstfell. Mit beiden Dingen, die sie an Bauch und Brust so zusammengefaltet, wie sie entnommen wurden, gedrückt hält, geht sie zum hölzernen Schaukelstuhl. Auf dem antiken Sitzmöbel lässt sie sich nieder, wobei sie das Fell auf das Brett des Möbels legt, das für das Abstellen/Aufstellen der Füße vorgesehen ist. Ruhend auf einer solchen Unterlage sollte ihr nicht kalt werden können. Die Fellränder schlägt sie solchermaßen über die Füße, dass die Fußrücken abgedeckt sind. Abschließend entfaltet sie die Wolldecke, die sie dann schützend über sich ausbreitet. Solcherart von Kopf bis Fuß wettergeschützt, sollte sie keine kalten Füße bekommen. Kaum hat sie es sich so richtig gemütlich gemacht, entfährt ihr ein »Mist«. Verärgert über sich selbst enthüllt sie sich aus Fell und Decke, um ins Haus hineinzugehen. Von dort holt sie, nachdem sie sich im Badezimmer gründlich die Hände gewaschen hat, aus der Küche eine Glasflasche mildes Mineral, eine kleine Flasche Pol Roger, dazu eine Champagnerflöte. Alles stellt sie auf den Tisch neben dem Schaukelmöbel. Nachdem sie den Champagner geöffnet und damit das Glas befüllt hat, vollzieht sie die Einhüllungsaktion von zuvor ein weiteres Mal. Jetzt kann sie den wolkenreichen Septembertag schaukelnd, mit Blick auf ihren winzigen Garten, genießen. Die Melodie eines Blues kommt ihr in den Sinn, sie beginnt die

Tonfolge vor sich her zu summen und lässt nun allen aufkommenden Gedanken freien Lauf. Ihr Anblick, sitzend in diesem Stuhl, auf dieser Veranda, in diesem Haus, lässt Bilder von Amerikas so genanntem »alten Süden« im Gedächtnis aufkommen. Brehms Gedanken aber schweifen hin zu den bisherigen Begegnungen mit Robert Jamnik. Zwei- bis dreimal ist sie persönlich auf ihn getroffen, gearbeitet jedoch hat sie noch nicht mit ihm. Soweit sie sich erinnert, müssen die Zusammentreffen mit ihm auf Filmfestivals passiert sein, doch einmal, jetzt fällt es ihr wieder ein, war es im Zuge einer Preisverleihung. Er war der Begleiter einer guten Bekannten, und als diese ihr, Brehm, zur eben erhaltenen Auszeichnung gratulierte, konnte Jamnik nicht schweigend bleiben. Unmittelbar neben der Gratulantin und damit gleichfalls vor der frisch Geehrten stehend, musste, gemäß des Höflichkeitsgebotes, auch er sich wohlwollend gegenüber Brehm äußern. Merkliche Sympathien waren dabei zwischen ihnen nicht aufgekommen, ebenso wenig wie während der beiden anderen zufälligen Aufeinandertreffen.

Doch egal. Warum sollte sie sich jetzt verrückt machen mit Einschätzungsversuchen die Zukunft, konkret die Zusammenarbeit mit Jamnik als Theaterdirektor betreffend. Sie greift vorsichtig-tastend, weil sie ihren Blick dabei nicht vom Garten abwendet, nach der Champagnerflöte, deren Inhalt sie schließlich genussvoll-langsam leert. Sie wird es einfach auf sich zukommen lassen, das Unbekannte, das Neue, das diese Direktionsbesetzung für das Theater und die gesamte Belegschaft mit sich bringen wird. – Sie wird auf sich zukommen lassen, wie sich die Zusammenarbeit zwischen ihr und Jamnik gestalten wird. Ihren Beruf, sie liebt ihn. Trotzdem er sie häufig anstrengt, sie phasenweise an die Grenzen ihrer psychischen Belastbarkeit bringt, ist es ihr Traumberuf. Darstellung ist, eben fühlt sie es wieder bis in Mark hinein, ihre Berufung, die ihr viel abfordert und ihr alles gibt. Nur in ihren Anfängen, in den ersten fünf bis sechs Jahren nach der Ausbildung, dem Studienabschluss hatte sie, trotz ihrer damaligen Jugend, Existenzängste. Grausam konnten diese sein, wenn sie in stillen Stunden aus dem Nichts heraus über sie hereinbrachen wie Furien, die sie für das Ergreifen des künstlerischen Berufs strafen wollten. – Doch sie hatte Glück, sie wurde ins Ensemble berufen, wodurch ihr eine derartige Pein, während der letzten etwa zwanzig Jahre, erspart geblieben war. Auch der Kampf gegen den Vater für ihren Traumberuf war heftig gewesen. Zwar hatte sie ihn verloren, musste sich und das Schauspielstudium selbst finanzieren, schlussendlich aber konnte sie triumphieren, sie hatte es geschafft. Erst als Film und Fernsehen sie für sich entdeckten, redete der Vater wieder mit ihr. Zu diesem Zeitpunkt war sie als Theaterschauspielerin bereits etabliert.

Zwar gehörte sie nie zu den Stars, aber zu den Renommierten. Seit der Mitwirkung in mehreren erfolgreichen Filmproduktionen hat sie einen hohen Bekanntheitsgrad, aufgrund zeitweiser Tätigkeiten im Fernsehen hat sie tendenziell Prominentenstatus. Die interessanten Filmrollen sind zuletzt ausgeblieben, wodurch sie sich ausschließlich dem Theater widmen konnte. Immer war das Theater die Priorität, war das Theater die Lebensleidenschaft; der Film konnte sie nur begrenzt begeistern, obwohl das Medium Film per se sie fasziniert. Filmschauspielerei hält sie, gesamtbetrachtet, für wenig fordernd. Gerne zieht sie für einen bildlichen Vergleich den Radsport heran. Danach setzt sie die Filmschauspielerei mit Einzelzeitfahren und die Theaterschauspielerei mit dem Fahren der Tour de France gleich. Ersteres bedeutet eine kurze, wenn auch möglicherweise sehr intensive Anstrengung, letzteres bedeutet kontinuierliche Anstrengung mit häufigem Intensitätswechsel einen langen Zeitraum hindurch.

So sitzt mit diesen Gedanken und mengenweisen Erinnerungen an die Laufbahn als Künstlerin Anna Brehm mit Blick auf ihren winzigen Garten im Schaukelstuhl auf der Veranda ihres Hauses. Gerade heute wieder, gerade in diesen schaukelnden Stunden fühlt sie, dass ihr Bretter tatsächlich die Welt bedeuten. Das Theater hat sie, Brehm, definiert, und Brehm definiert sich über das Theater. Sie ist mit dem Theater insofern infiziert, als sie es zum Leben braucht.

Jetzt sitzt Anna Brehm mit Robert Jamnik in einem kleinen Zimmer des Theaters. Der Raum wird theaterintern »Verwaltungszimmer« genannt. Dort, an diesem Ort, ist ein Stück Vergangenheit konserviert. Die Einrichtung besteht aus zwei mächtigen Schreibtischen von der Art, wie sie in den Siebzigerjahren jedenfalls in Ämtern und Behörden mehrheitlich vorzufinden waren, dazugehörenden Rollsesseln und einem riesigen Büroschrank in gleichem Stil. Damit ist das »Verwaltungszimmer« im wahrsten Wortsinn vollmöbliert; die mächtigen Einrichtungsgegenstände lassen nur wenig Freiraum übrig. Die beiden schweren Schreibtische stehen auf gleicher Höhe mittig im hinteren Teil des Zimmers nebeneinander, sie sind durch einen Abstand von etwa fünfzig bis sechzig Zentimetern voreinander getrennt, sind also nicht distanzlos aneinandergeschoben. Hinter dem, von der Zimmertüre aus betrachtet, rechts stehenden Tisch sitzt die Schauspielerin, hinter dem linksseitig stehenden sitzt der designierte Theaterdirektor. Beide Tische sind gleich gestaltet. Sie sind beidseitig mit breiten Schubladenfächern ausgestattet, die von der Tischplatte hinunter bis auf den Fußboden reichen. Deshalb haben die Rollsessel, auf denen die beiden gleich nach Eintreten in den Raum wortlos und wie selbstverständlich Platz genommen haben, nur wenig Bewegungsmöglichkeit; sie stehen im knappen Freiraum zwischen den Schubladenelementen und der oberen, gleich unterhalb der Tischplatte befindlichen breiten Lade. So sitzen, mit Blick auf die Zimmertüre, Brehm und Jamnik – fast kann man sagen eingekeilt – nebeneinander.

Da der Designierte sein Büro erst mit Funktionsantritt bekommt, blieb für die von Jamnik bereits jetzt gewünschten Einzelbesprechungen nur der »Verwaltungsraum« als geeigneter Ort für ungestörte Unterredungen. – Also sitzen sie aufgereiht nebeneinander. Endlich, so aufgereiht nebeneinandersitzend, teilt Jamnik der Brehm nun Folgendes mit: »Du weißt, denn ich habe es euch bei meiner Vorstellungsrede gestern ja gesagt, ich möchte dieses Theater entstauben. Ich will dieses Theater reinfegen vom zentimeterhoch liegenden Staub des Konservativen, des Kleingeistigen. Ich will das Haus von innen heraus komplett erneuern, und das bedeutet – ich mach's kurz – für dich ist da kein Platz mehr. Auch du musst gehen. Ich sehe keine Möglichkeiten für dich.«

Damit hat Brehm nicht annähernd gerechnet. Gut, seit gestern ist bekannt, dass mit diesem neuen Direktor gleich einige Neue kommen und mehrere Alte gehen müssen. Ein erzwungenes Tätigkeitsende hat sie seither zwar für grundsätzlich möglich, jedoch für absolut unwahrscheinlich gehalten. Jamniks Botschaft hat sie somit völlig unvorbereitet getroffen. Sie ist tief geschockt, wodurch ihr weder Flucht noch Kampf als Handlungsoptionen in den Sinn kommen. Nichts ist ihr möglich, unter Aufbringung all ihrer Kräfte bringt sie nur das Folgende hervor: »Aber das Theater ist meine Welt.« »Dieses Theater hier«, antwortet der Designierte ungerührt, »ist jedenfalls meine Welt. Du musst dir ein anderes Theater suchen.« Obwohl oder gerade weil Anna Brehm außer sich geraten ist, weil sich in ihr zahllose Brüche vollziehen, ist sie in eine Art Autopilotmodus gekommen. Ferngesteuert von wo auch immer her, steht sie langsam, sehr langsam auf. Sie kommt hinter dem Tisch hervor und geht, mit leerem Blick, ausdruckslos auf die Türe zu, die sie öffnet. Beim Verlassen des Verwaltungsraums dreht sie sich, in der Türe stehend, zu Jamnik um. Sie sucht seinen Blick, und als sie diesen gefunden hat, sagt sie: »Wie heißt's so schön? – Man sieht sich immer zweimal.«

Über die Autorin

Marian Drevis, Jahrgang 1971, geboren und aufgewachsen in Krems/Donau, lebt seit vielen Jahren überwiegend in Wien. Drevis begann bereits in der Kindheit zu schreiben, das bisherige Werk besteht aus Dramen, Kurzgeschichten, Lyrik und Romanen. Die Liebe zum Roman entdeckte Drevis erst im Jahr 2010. Das Pseudonym Marian Drevis wird erstmals 2023 verwendet.